光文社文庫

# つぼみ

宮下奈都

KOBUNSHA



光　文　社

# 目次

# つぼみ

# 手を挙げて

　オルガンの調べが止《や》み、黒い上衣を着た牧師さんが厳かに口を開く。

「では、目を閉じてください」

　ざわめいていた教会の礼拝堂が、しんとなった。朝の光の中で私たちは目を瞑《つむ》り、牧師さんの声を待つ。

「もう一度生まれてきたとしても、きっとまた今の相手と結婚すると思う人、手を挙げてください」

　咳払《せきばら》い、微《かす》かな笑い声、そわそわする音——というと変だけれど、そわそわもじもじしているような音がそこかしこから立ち上ってくるのがわかった。

　私はたぶん八歳か九歳、十歳までにはなっていなかっただろう。晩秋にしては暖かな日だった。プロテスタントだった母の礼拝についていき、隣で賛美歌を歌ったり、ステンドグラスに咲く花を数えたり、聖書に書かれた細かい字を眺めたりしていた。

閉じるようにいわれた目を薄く開けて辺りの様子を窺《うかが》うと、なんとなくそれまでと雰囲気が変わっているのがわかった。手を挙げている人は見えなかった。もう少しだけ目を開けて、俯《うつむ》いていた顔をそっと上げると、小春の穏やかな陽が降りそそぐ教会の中に挙がった手がようやく見えた。

たったの二本だった。ずっと前方の祭壇近くの席で一本、そして、私の隣で一本。

生まれ変わるなんて考えたこともなかった。でも、もしも生まれ変わっても、同じ相手と結ばれてほしい。そうでなければ、父と母の間に生まれた私たちはどうなってしまうのだろう。想像するだけで怖かった。生まれ変わらずとも、この世のうちに別の人と結婚しなおすこともあるのだと、まだ知らない頃の話だ。だから、八歳、ことによるともっと幼かったのかもしれない。

そのときに見た二本の手がいつまでも瞼《まぶた》に残っている。私の隣でおずおずと挙げられた母の手と、対照的に高くまっすぐに伸ばされた最前列の誰かの手。あの手の持ち主は、手を挙げることが誇らしそうだった。教会中の光を集めているかのように見えた。隣にいる母がどんな気持ちで手を挙げているのか、私には見当もつかなかった。

これだけ人がいるのに、挙がった手は二本だけ——つまり、ほとんどの人は、生まれ変わったら別の人と生きるつもりなのだ。その事実は衝撃であり、恩寵《おんちょう》のようでもあり、どこかでほんの少し安堵《あんど》している自分にも気がついていた。そして、もう一度父と結婚すると手を挙げた母には、ちょうどその割合をひっくり返したような大きな安堵と小さな失望を感じているのだった。

＊　　＊

住宅展示場になど興味はなかった。姉も同じだったはずだ。父を見舞った病院からの帰り、駅までの道をふたりで歩いていた。姉は小学生になった娘たちが宿題の音読をする様子を話し、私は姪《めい》たちの微笑《ほほえ》ましい光景を思い浮かべながらも、気持ちはどこか別のところへふわふわ飛んでいきそうだった。家庭に関心を持たなかった父のこと。愛情をかけてもらった記憶はほとんどない。それでも、仕事では有能だったらしい。母が亡くなったとき、たくさんのお花が届いて驚いた。全部父の仕事関係の人たちからだった。年をとって、病を得て、ベッドに臥《ふ》している姿を見ると、いろんなことが幻みたいに思えてくる。そう遠くないうちに父が母のところへ行ったら、ふたりはもう一度やりなおすのだろうか。

曲がり角のところに住宅展示場の案内があり、その大きな看板を見上げた姉がふとこちらを見て、寄っていく？　というふうに首を傾《かし》げてみせたとき、物思いに耽《ふけ》っていた私は深く考えもせずにうなずいた。

平日の昼間のせいか、展示場に人はまばらだった。何棟か並ぶうち、いちばん手前にあった家に私たちは入った。そうしてすぐに失敗に気づいた。

玄関のドアを開けたところに男が立っていた。簡単に覗《のぞ》いて帰れるわけじゃなかった。面白半分で立ち寄ってみたら、床に粘着テープが仕掛けられていたような感じ。途端に足が重くなった。早々に切り上げようと思いながらリビングの扉を開ける。部屋の真ん中に階段があった。階段の辺りは広い吹き抜けになっていて、上ったその脇に仕切りのない子供部屋があるという。

「お子様がどこにいても気配が感じられる間取りになっています」

どこにいても気配を感じられるお子様のほうはたまったものじゃないだろうなあ。

そう思いながら、いつここを出ようかとタイミングを見計らっていた。

後ろからぴったりと付いてくる案内の男は姉にだけ話しかける。姉だって家を買ったり建てたりするつもりはないだろうに、私よりはその気がありそうに見えるのだろうか。

姉は男の説明に適当に相槌《あいづち》を打ちながらリビングをゆっくりと横切り、システムキッチンの上の吊り戸棚に腕を伸ばしたかと思うと、そのままの体勢で何か考えている表情になった。吊り戸棚の中に何をしまおうか、鍋や食器が入りきれるか算段しているかのように見える。

「里子《さとこ》ちゃん、引っ越す予定はないよね」

小声で訊《き》いてみたのだけど、姉は、すん、と鼻を鳴らしただけだった。その途端、急に何かが裏返った感じがした。引っ越す予定など九割九分ないと思っていた。でも、予定はなくても計画ならあるのだと、いつでも何かが起こりえるのだと、無言の姉にささやかれた気がした。

もしかして、姉がここに来たのはたまたまではなかったのだろうか。姉が結婚して住んでいる家は古い一軒家だ。相当年季が入っているが、よく手が入れられていてとても居心地がいい。建て直す気などないものだと思い込んでいた。当然、モデルハウスにも縁がないはずだと思っていたけれど、ほんとうは姉は最初からここに来て見学するつもりで、病院からの道をそれとなくこちらへ誘導していたのかもしれない。そんな気がしてきた。

——あの家は、店は、どうするんだろう。

私の思案する問題ではないとわかってはいたけれど、姉の嫁ぎ先のまるで骨董《こっとう》のような家が思い出された。いつも薄暗いような居間で小さな姪たちがじゃれあっているところがビデオのフィルムみたいに巻き戻される。建て替えるということは、併設の店も畳むということだろうか。何かがうまくいっていないのか。疑問というより疑惑に近い感情が浮かぶ。私のフィルムに映る限り、姉はいつもあの家で家族に囲まれてしあわせそうに微笑んでいるのだった。

いつのまにか背後に忍び寄ってきていた男が、唐突にいった。

「ひとつだけ欠点がありまして」

驚いて振り向いた。どこかで聞いた台詞《せりふ》と同じだった。私はできるだけ明るい声を出していった。

「あんまり欠点は聞きたくないんですけど」

そうね、欠点を聞いても面白くないわ、と姉なら同意してくれると思った。でも、姉はじっと戸棚を見つめたまま何もいわない。話を聞く意思がないようにも、促《うなが》しているようにも見えた。

「このように高気密高断熱ですと、どうしても室内に熱が籠《こ》もります」

男は私の言葉を聞かなかったふりをし、とりあえずしおらしい声でそう告げた後、やおら得意そうな面持ちになって続けた。

「それを逃がすために、二十四時間換気システムを採用しているのです」

おんなじだ。あのときに聞いたのと同じパターンだ。

本来ならセールストークばかりであるはずのモデルハウス内でわざわざ欠点を申告する正直さを見せつけることと、最新設備である二十四時間換気システムを披露すること、この男はふたつの重要な任務を負っているらしかった。

「それが欠点なの」

説明を始めようとする男に私は訊いた。姉が戸棚の検討から我に返ったようにこちらを見た。

「いえ、ですからこうして欠点を補って余りあるシステムが弊社の住宅には標準装備されておりまして」

「欠点だったら隠したいでしょ」

一瞬口を噤《つぐ》んだ男がゆっくりと瞬《まばた》きをし、態勢を立て直す。

「いえいえ、欠点といっても致命的な欠点ではないのです、対応策も万全に用意しておりますので」

「ほらね、欠点のふりをして欠点じゃない」

「それは当社の設備が機能するからで、何も対策がなければ欠点は欠点のままです」

「だから」

「和歌子《わかこ》、もういいよ」

姉は私と男の会話を遮《さえぎ》って、出よう、と促した。

モデルハウスの木製のドアを押して出ると、日が傾きかけていた。男は追ってこなかった。住宅展示場を出て駅へと歩きながら、姉は、ごめん、といった。どうして姉が謝るのかと思う。

「お父さんのこと、和歌子に任せっきりで」

そのことか。その、ごめん、か。モデルハウスに誘導したことはうやむやになってしまうのだろう。

「でも、思ったほど悪くはなさそうでよかった。私もできるだけ来るようにするね」

「だいじょうぶだって、里子ちゃんにはおうちのことがあるでしょ」

私がそういうと、姉は駅の丸い時計を見上げ、軽く息をついたように見えた。おかげで、欠点という言葉を聞いてつい向きになった私のほうは謝る機会を逸《いっ》してしまった。

「ほらほら、子供たちの帰りに間に合わなくなるよ」

私の声はちゃんと姉の背中を押せただろうか。頼りなく微笑んで、姉は改札の中へと消えていった。一度だけこちらを振り返って手を振ったときに、呼びとめたいような衝動に駆られた。話があるなら聞くよ、といいたかった。私の話も聞いてほしかった。でも、もしも呼びとめていたとしても、何をどう話せばいいのかわからなかっただろう。

ひとつだけ欠点がある、とささやいたのは史生《ふみお》の母親だった。近くのホールまで弦楽四重奏を聴きに来たという彼女を、史生と私は近くのビストロで迎えた。史生はつい先日私のアパートのすぐそばに越してきていて、私たちはふたつの部屋を行ったり来たりしていた。その偵察に来たのだと思った。

彼女とは初対面で緊張していたことを差し引いても、親しげな空気は一向に生まれなかった。彼女のほうに私を認めようとする気がないのだろう。それなのに何食わぬ顔で、お近くなの？　と訊いてきた。

「和歌子さんのアパートもこの辺りなんでしょう。女の子の独り暮らしって大変じゃない？　よく親御さんがおゆるしになったわね。どんなお部屋に住んでいるのかしら」

そういって、辺りの建物を見まわす素振りを見せた。

「もしよろしかったら、寄っていらっしゃいますか」

そういわなければならないのだろうと私の理性が告げていた。気負いすぎだったかもしれない。社交辞令なのだから断ってくれるだろうと甘く読んでいた。そうして、三人で私のアパートに寄ることになったのだ。

「史生の部屋と、ほんとうに近いのね」

彼女のひとりごとには無言で応えた。紅茶を一杯ずつ飲んだ。その後、トイレへ立ったのだったか、とにかく彼が席を外した隙《すき》に、彼女は私にささやいた。

「あの子にはひとつだけ欠点があるの」

彼女がこの瞬間を待っていたのは明らかだった。はあ、と曖昧《あいまい》な返事をして目を逸《そ》らした。聞きたくない。彼の欠点なんてぜんぜん聞きたくない。もしかしたら、ちゃんとそういえばよかったのかもしれない。すみません、聞きたくないんです、と。欠点があっても平気です、あるいは、それはあなたにとっては欠点でも私が欠点だと感じるかどうかはわかりませんから。

それなのに私は黙って紅茶をひとくち飲んだ。聞きたかったのだ。怖いもの見たさ、というよりも、欠点と称してこの人が自慢の息子の何を挙げるのか見届けたかったのだと思う。

「知っていると思うけど、あの子はとてもやさしい子です。それだけは間違いがない。だけど、ね、ときどき心を閉ざしてしまう」

それも知っているんでしょうけれど、というふうに彼女が私のほうをじっと見て、私はまた、はあ、と答える。彼女はつまり私を試してみたかったのだ。心を閉ざすというのがどういうことなのか、私にはよくわからなかった。心を閉ざした姿、ある意味では無防備な姿を、恋人であるあなたに見せたことがあるのかしら。そう問うている。この母親は優越感を抱いているのだ。ふっと彼女は笑みを漏らした。

「いつでもどこでも、というわけではないの。どちらかというと、とても大事なときに、今あなたの気持ちが聞きたいというようなときに限って、鋼《はがね》のようなシャッターを下ろしてしまうのね。……あら、もしかして和歌子さんは気づかなかった？　もし、あの子にそんなふうにされた経験がないのだとしたら、しあわせね」

もちろん彼女は自分のほうこそしあわせだと思っている。息子はまだあなたには心を閉ざしたことがない。それは最初から開いていないからだ。そこまで深いつきあいではないからなのだ。私にそう教えたがっている。

史生が部屋に戻ってきたところで私たちの会話は途切れた。途切れて、そのまま宙をさまよった。私はその気配を今もどこかに感じている。ひとつだけ欠点があるの、とささやいたその声の気配。ささやかれた欠点が何だったのか、いつも思い出せなくなってしまう。思い出せないまま、彼に重大な欠点が、あるいは欠陥が、あったような気配だけが漂っている。

コーヒーカップで紅茶を飲むなんて、と彼女は後日息子に電話をかけてきたのだそうだ。

「つまらないことをいうよなあ」

そういって彼は私に笑ってみせたけど、私の耳には、からからからと白線引きが走る音が聞こえた。彼女が白線の向こう側で、私はこちら側。私のそばにいるものと思っていた史生が向こう側にいる。コーヒーカップに紅茶を注いでしまったのは、たしかに間違いだったのかもしれない。紅茶の葉の香りを楽しめるよう上に向かって開かれた、正しい形の紅茶碗を私は持っていなかった。そもそも大して上等な茶葉を使っているわけでもない。でも、史生の母親にとって、息子の恋人がそんな無神経な女であるのは耐えがたいことだったのだろう。

コーヒーカップしか持っていなくてよかった、と私は思った。間違えたことで、正解を引き出した。洗濯物の干し方が気に入らないとか、私の好きな音楽を聴くと寒気がするとか、そんなことを彼女は息子にいうようになるのかもしれなかった。今のうちにわかってよかった。紅茶を飲む茶碗など、どうでもいいことではないか。もっというなら、紅茶を飲むこと自体がどうでもいいようなことなのだ。そんなことで息子に文句をいう母親も面倒だし、母親の言葉をそのまま私に告げる息子も息子だ。

そう思いながら、否応《いやおう》もなく気持ちが沈むのをどうすることもできないでいる。私の食器棚の中では一番きれいなカップだった。そこに紅茶を注ぐことをなんとも思っていなかった。意識もしていないところで私はすでに否定されていた。

父の見舞いの帰りだと口実を作って姉の家に寄る。もっとも、口実が見つからなくても姉の家にはよく遊びに行った。三人いる姪たちが可愛い。同居しているお姑《しゅうとめ》さんは最初のうちこそ取っ付きにくかったが、すっかり慣れた。しゃきっとした、感じのいい人だと思う。

「なんとも思っていなかったからそのまま伝えたんじゃないの」

史生の母親の話をすると、姉はあっさりといった。

「そのお母さんだって、まさか息子から和歌子に伝わるとは思ってなかったのよ」

「つまり本音ってことだよね」

「うん、でもその程度の本音ならゆるせるじゃない」

「ああそうか、里子ちゃんも紅茶とコーヒーの器はちゃんと分ける人だから」

そういうと姉は笑った。

「知ってるでしょ、器にはこだわっても、ほかはたくさん抜けてるんだから。気になるところは人それぞれなのよ」

もちろん知っている。姉は抜けてなどいない。料理が上手だから掃除は嫌いかといえばそうではない。昔からそうだ。勉強もできたし、運動もできた。お茶やお花の習い事でも優秀で、私は何ひとつ敵《かな》わなかった。姉を見ていると世の中にはなんでもこなせる人がいるのだなあと思う。それと同じだ。気がつく人は何でも気がつくし、気がつかない人は何も気がつかない。

なんでもよくできた姉は、茶道でも抜きん出ていた。お茶であれ、お花であれ、道には筋のようなものがある。姉には生まれつきその筋があったということだろう。高校生の頃には古くから習っている大人たちを差しおいてお正客《しょうきゃく》を務めるようになっていた。私は末席から憧れの念で眺めていたものだ。

しかし姉は、師範の免状をもらう直前に辞めてしまった。惜しがる周囲には理由を話さなかったようだけれど、私には教えてくれた。誉《ほ》めるのがつらい。正客はお茶をいただいた後でその席の亭主と話さなくてはならない。茶道具や茶室の掛け軸などを誉めるのが習わしだ。そのときに、ほんとうにいいとは思っていない茶碗や棗《なつめ》を誉めなければならないのが嫌で仕方がなかったという。毎日の厳しいお稽古には耐えられても、そんなことが姉には苦痛だったらしい。里子ちゃんは繊細だなあと私はいったはずだ。誉めるふりをしておけばいいじゃない、感心するふりをして、ほうほうとうなずいておけば。

ごく一握りの名品しか誉めることのできない姉より、こだわりのない自分のほうが自由だと思う。普段使いのコップでもお皿でも可愛いと思えるほうが――と思いかけて、すっと冷めた。ほんとうにいいと思えるものに出会えたときのよろこびはきっと私にはわからないだろう。

私には姉のような力がない。それを羨《うらや》んだこともない。姉は姉、私は私だ。だからこそ私は自由だった。何かに秀でてしまえば、その力に導かれることになる。

制約を受けることのない――能力のない――私こそ自由なのだ。あの頃は、そう信じていた。信じようとした。しいていうなら、私は私、というときの私に何が含まれるのか自分でもわかっていないことが歯がゆかったけれど。

姉が若くして結婚したとき、もったいない、と思った。価値だとか意味だとか力だとか、それまで大事にしてきたはずのものを全部投げ出してしまったように見えたから。勉強ができようと、走るのが速かろうと、茶道でお正客を務めようとも、結婚してしまえば御破算ではないか。そんなに簡単に投げ出せるものなのかと、投げ出すもののない私は思った覚えがある。

結婚することでそれまでの自分から自由になりたかったのかな、とも思った。逃げてるんじゃないよね、と一度だけ訊いたら、姉にしてはめずらしく怒った。和歌子は結婚について思い違いをしている、と。私が悪かったと思う。逃げていたのは私のほうだ。力がなければ自由だと、何もない自分から逃げていた。私には投げ出したり失ったりするものがない。私でなければならないことなんて何もないのだ。地道に華道を続け、曲がりなりにも師範の免状をもらったのは姉への謝罪のつもりもあったような気がする。

「里子ちゃん、覚えてる？」

じゃが芋の皮むきを手伝いながら訊いてみた。

「昔、教会で、もう一度生まれたとしても今の相手と結婚しますか、っていう質問があったよね」

「教会って、あの、お母さんが通ってた教会のこと？　変なことを訊くのねえ。だいたい、輪廻《りんね》を認めないのがキリスト教なんじゃないの」

「でも、確かに牧師さんはそう訊いたのよ」

覚えていないのも当然かもしれなかった。姉がその場にいたのかどうかも思い出せない。普段なら私も説話をあまり聞いていなかったし、覚えてもいない。どうしてあの日、牧師はあんなことを訊いたのか、手を挙げさせた後にどんな話があったのか、それも覚えていなかった。

「今でもときどきそのときのことを思い出して、ああよかった、って思うんだ」

「何が」

「もう一度同じ人と結婚するって答えたのはふたりだけだったの。そのうちのひとりが、お母さんだった」

姉はにこやかなままの顔で首を左右にゆっくりと振った。

「ふり」

「え」

「そういうふりをしたかったのね、お母さん」

一瞬、そうかもしれない、と思ってしまった。父と母は不仲だった。始終喧嘩《けんか》が絶えず、母が本気で次の人生も父と共にしたいと願っているようにはとても見えなかった。だからこそ、心に残った。

「だって、誰も見てないんだよ、目を瞑《つむ》って手を挙げさせたんだから。お母さんは見栄《みえ》を張ったんじゃないはずだよ」

力を込めた。母を援護しているのか、自分がそう思いたいだけなのか、よくわからない。姉はまたゆっくりと首を振った。

「ふりってね、誰かに見せるためじゃないの。自分自身にそういうふりをするの」

「自分を騙《だま》そうとしたってこと？　何のために？　神さまの前で手を挙げたんだよ。あれはお母さんの本心だった」

「本心にしたかったんだと思う。自分を騙したんじゃなくて、自分を信じたんでしよ」

騙す、信じる。正反対の言葉が手を結ぶ。同じ顔を持つふたつのどちらがどちらだったか、一瞬わからなくなった。

「……ねえ、もう読んでいい？」

麻子《あさこ》と七葉《なのは》が国語の教科書を持って姉の顔を見上げている。音読の宿題を早く済ませてしまいたくて、私たちの会話が途切れるのを待っていたようだ。

「もうすぐお相撲《すもう》始まっちゃうよ」

幼い紗英《さえ》が呼びにくる。

「おっと、あぶないところだった、見逃したらたいへんたいへん」

紗英に手を引かれて、居間のテレビの前へ行く。

騙す、信じる。昔から、姉には敵わなかった。私の間違いも過ちもちょっとした思い違いも、すっと正してくれる。たぶん姉にはそんなつもりはなくて、ただ思ったことを口にするだけなのだろうけど。

生まれ変わってももう一度同じ人と結婚しようと本気で望むのと、ふりをしているのとではずいぶん違う。できることならふりではなく、母が本心からそう願えていたのならいいなと思う。でも、たとえふりであったとしても、手を挙げなかった人よりはしあわせな人生だったと思いたい。

「里子ちゃん、ひとつ訊いていいかな」

姉の傍《かたわ》らで今しも音読を始めようとしていた麻子が半分口を開いたままの顔でこちらを振り返る。私は咄嗟《とっさ》に質問を変える。

「……若乃花《わかのはな》と貴乃花《たかのはな》、ほんとうはどっちが強いと思う？」

「さあねえ」

姉も何かのふりをしているのだろうか。それとも、神さまの前で宣誓するように手を挙げることができるのだろうか。


姉の家から帰ると、アパートの窓に灯りがついていた。訝《いぶか》しみながら玄関の薄いドアを開けると、待ちかまえたように史生が玄関に現れた。早く帰ったほうがどちらかの家で待っている。そういうことになってはいるけれど、史生が先に私の部屋に来ていたことはほとんどなかった。手にはビールのコップを持ったまま、おかえり、といった声は意外なほど生真面目《きまじめ》だった。

「俺はかねがね思っていたんだけど」

いきなり史生が切り出す。私もかねがね思っていた。史生はせっかちだ。まだ靴を脱いだところだ。手を洗って、服を着替えるまで待ってよ。私にもビールをちょうだい。話はそれからだよ。

史生は冷蔵庫から缶ビールを出し、コップに注いで私にくれた。そうして、その缶をじっと見つめながらいった。

「何も考えずに今まで受け入れてきたことの中にも、意味のないことってたくさんあるんだな」

何の話だかわからない。

「いや、こないだのこと。和歌子に嫌な思いをさせてしまいまして」

そういって史生は神妙に頭を下げた。ああ、こないだの、と言葉を濁す。こないだの、紅茶のカップのことか。

考えてみれば、史生は水を飲むときとビールを飲むときとでは別のコップを使う。史生を育てた母親がコーヒーと紅茶とでは違うカップを使いたくても当然なのだった。だから彼が謝っているのは母親の言葉をそのまま私に伝えた思慮のなさのほうだと解釈することにした。

しかし、忘れていた。史生はほんとうにいいたいことと前振りが微妙にずれる。話は終わったものと思って安心していると、本題はそこからだったということがよくある。

史生は今日はそこで唐突に、もっと本腰入れようよ、といったのだった。

「本腰って何に」

「俺たちの人生に」

耳慣れない言葉に、その大仰《おおぎょう》な響きに、思わず笑いそうになった。

「和歌子、遠慮してないか」

「何に。あ、その、俺たちの人生に？」

史生がうなずく。

「もっと和歌子のやりたいように、和歌子の趣味とか主義とかそういうもん出していいんじゃないの」

「べつに、私は私だもの、趣味も主義も何も、私はここにいるだけで私だよ」

いいながら、笑い飛ばしてしまおうかと考えている。でも、できなかった。遠慮なんかした覚えはない。遠慮しているように見えていたのか。私は私だといえるほどの私がないのと、遠慮しているように見えるのとは、もしかしたらつながっているのかもしれない。

「じゃあさ」

史生が真顔になった。

「華道の講師やってるのに、なんで部屋に花飾らないの」

お花は仕事だからよ、と答えたかったけれど我慢した。

「私のやっている流派はちょっといかめしいの。普段の生活には似合わないから」

そういってごまかした。史生はふうんといっただけでそれ以上突っ込んではこなかった。お花の先生なら花が好きなはずだというのは勝手な思い込みだと思う。私のことをちゃんと見ていない。

史生はふたたび缶ビールに目を落とす。

「あなたしかいない、って思えるのはすごいことだよな」

もしかして缶に書いてある台詞を読んでいるのかと思うほど史生は缶を見つめている。つられて私も缶を見る。

「和歌子はそう思わない？　特別でもなんでもない人が、誰かにとっては特別になるんだよ」

うん、と答えて慎重に続きを待つ。

「俺なんか、ぜんっぜん特別な男じゃないけど」

普段は凜々《りり》しい眉を下げて、こちらを見た。

「ときどきは特別なんだよな」

うれしそうな顔をしてそんなことをいう。

「まあ、ちょっと野球はうまかったけどな。特別ってほどでもなかったよな」

小鼻がぴくぴくっと動いた。自慢らしい。

「リトルリーグでピッチャーやってたんだ、俺。でも、だから特別ってわけじゃないし」

「そうなんだ、史生は野球がうまかったんだ」

「や、だからあ、そんな話をしたいわけじゃないんだって。俺なんかちょっと野球がうまかっただけの、どこにでもいるような男で、あ、実は習字もけっこううまかったんだけどさ、まあでもそれで今ここにいるわけじゃないってこと」

すでに酔っているのだろう。こんなによく喋《しゃべ》る史生はめずらしかった。

「つきあってる人が『どこにでもいる男』だなんて、あんまりうれしくないなあ」

「どこにでもいる男だとはいってないよ、どこにでもいるような、っていったんだ。どこにでもいるようだけど……和歌子にだけは特別なんだ」

「すごいよその自信」

笑いながら、早く本題を、と思っている。

「だろ？」

だろ？　何、だろ？　だろが何に係るのかわからなくて、でも聞き返す必要をさして感じなかったので適当にうなずいておく。

「嘘だろ、あなたしかいないいなんてさ」

嘘、だろ？　私ははじめからそんなことはいっていない。

「と思ってたわけだよ。へん、七十億人からの人間がいるってのにあなたしかいないなんてどういうわけだよ、なあ」

今夜の史生はやけによく喋った。酔っているにしてもなんだかおかしい。

「でもさ、このごろ思うんだよ。世界でたったひとり、あなたしかいない、っていう気持ちはほんとうなんだ。ほんとうに、あなたしかいない気持ちなんだ」

「かねがねっていってなかった？　このごろになってるよ」

「ちょっと俺、大事な話してんの。和歌子しゃんは黙って聞いて」

キッチンのほうに目をやると、シンクにビールの缶が五、六本見えた。いつから飲んでいたのだろう。

「酔ってないからね、俺」

史生はいい切った。直後に、こちらを見据えていた目がふらっと泳ぐ。

「……で、まあ、その」

「やっぱ酔ってるんじゃん」

「酔ってないって、あのね、俺、今、けっこう緊張してるわけ。頼むから邪魔しないでくれよ。っていうか和歌子に話したいのに、ああ、当の和歌子が邪魔するんだもんなあ」

「もういいよ、だいたいわかったよ」

疑わしそうな目をこちらに向けた史生が、

「ほんとうにわかったの」

「私しかいないとも思えないのに、あなたしかいないなんて、思うのはむずかしいね」

「また和歌子はすぐそういうことをいう」

缶ビールをテーブルに置いて、史生が私の前に回り込む。両手で私の両手を包み込むようにする。

「結婚しようよ」

まるでよくできた冗談でもいうみたいに楽しそうにいって、それからぱっと立ち上がると、

「らんららんら結婚しようよ〜、ほうやれほうや〜」

歌って踊りはじめた。踊りながら私のまわりをぐるぐるまわる。照れているのはわかるけど、踊らなくてもいいと思う。そうやって笑っていられるのも今のうちだ。もともとが真面目な人なのだ。もしも私が受諾の印に立ち上がって一緒に踊り出したなら、きっと史生は口を噤んで目の前の女を確かめたくなるに決まっている。

ここにいる、薙田《なぎた》和歌子という名前の女。たまたま近くにいたから好きになって、たまたま好きだから結婚しようかと思うのだ。これが少しでも離れたら……たとえ

ば生まれ変わったりした日には、私などすぐに埋もれて見失われてしまうだろう。わざわざ探し出してもう一度同じ人生を選ぼうとまで思えるだろうか。だって、私なのだ。自分でさえ私が唯一無二だとは思えない。史生が思えたらおかしい。

「うれしいけど、私しかいないなんて錯覚だよ」

すわったままでいうと、史生はその間だけ踊り止め、

「錯覚じゃないよ」

といってから、また踊り出そうと両手を顔の前で交差させ、それからちょっと考える顔になった。

「……錯覚かもな」

そうして真顔に戻ると、テーブルの向かいの椅子にどさりと腰を下ろした。

「錯覚だとしても、一生錯覚し続けたいよ」

騙す、信じる、錯覚する。ふりをする、ということかなと思う。史生は私と目が合うと、へへ、と笑った。

「あのさ、いっちゃおうかなあ、坂田《さかた》にも口止めしてたんだけど、いっちゃおっかなー」

ひとりでうれしがって、ひとりで照れている。顔が赤いのはビールを飲んで踊ったせいもあるかもしれないけれど。

坂田というのは市の職員で、華道教室の入っている市民会館の担当をしている。教室の打ち合わせや連絡でときどきやりとりをする、気のよさそうな人だ。ある日彼が、高校の同級生だという史生を紹介してくれたのだった。

「俺、和歌子の花、見たんだ」

意外な言葉だった。史生が教室を覗いたことはなかったはずだ。

「展覧会のときだよ」

「いつの？」

「二年前、かな。坂田のつきあいで見に行ったんだ、陶芸とかちぎり絵とかと一緒にやってたろ。俺は花になんて興味なかった。でもさ……」

史生はテーブルからビールを取って飲もうとし、空っぽだということに気づいてまた戻した。

「あの花はすごかった。俺にでもわかったよ。やわらかくて、大きくて、とびきりきれいだった。あ、ごめん、花のことはわからないのに生意気いってるかも」

うーん、と私は首を振る。

「こんな花を活《い》ける人ってどんな人だろうと思った。きっと大っきくて、懐の深い、肝っ玉母さんみたいな人に違いないと思ったんだ。もしかしたら相当歳のいったおばあちゃんかもしれないと思ってた。孫がたくさんいるような、人生の山をいくつも越えてきましたって感じの」

山など越えていなかった。遠くから山が見えてくると、登らずに済むよう避けてきたと思う。

「展覧会の後もずっと追いかけてた。市民会館の入り口のところに毎週新しいのが飾られるだろ、金曜の夜に新しくなるのを待って見に行くんだ。あの花も、あの花を活ける人も、憧れだった。坂田に口利いてもらってその人に会えることになって、すごいどきどきした」

そんな話は初耳だった。展覧会には個人としてではなく、華道教室として作品を並べた。講師だから出品しただけで、自分で出そうとか、自分を出そうとか、考えなかった。何を活けたかも覚えていない。そもそもそんなものをきちんと見てくれている人がいるなんて思いもしなかった。私はただ、活けたいものを活けたのだったと思う。

「そしたらさ、本物はこんな女の子だったんだ。びっくりしちゃうよなあ」

「ごめん、私は花にも追いつけないんだね。山なんかひとつも越えてないし、孫もいないし」

史生はテーブルに両手をついて身を乗り出した。

「もしも和歌子がまだ山を越えていないと思うんだったら……これから山を越えていきたいと思うんだったらの話だけど、俺は全力で協力するよ。孫のことも、協力したいと思ってる」

「そんなふうに、花を、考えたことなかったから」

活ける人を表すとか、人生の山だとか。でも、何か、音がするのが聞こえる。カチッカチッと火打ち石を鳴らしているような。私の花を見て、憧れてくれた人がいた。青白い火がつくのが見える。この火を育ててみたい気持ちになっている。

「ありがとう、史生」

赤い顔をした史生がにっこりと笑う。

「がんばってみるよ、お花」

「え、え、違うだろ、プロポーズはどこへ行ったんだ」

そういって史生は椅子から立ち上がる。こっちへ来るかと思ったが、その場で両手を組んで胸の前で合わせた。踊るのか、また踊るのか史生。

「あなたしかいない、って思うぞ」

「誰が」

「和歌子がだよ、俺の豪腕ピッチャーぶりを知らないからそうやって平然としていられるんだ。見たら惚《ほ》れなおすぞ、覚悟しとけよ」

胸の前の両手は、マウンドに立つピッチャーがロージンを握っているところだったらしい。芸が細かくてわからないよ史生。私のアパートのキッチンで史生はボールを胸の前で構える仕種《しぐさ》をし、それから大きく振りかぶった。左足を高く上げ、それをスローモーションで下ろすのと同時にボールを握った右手をゆっくりと宙に突き上げる。史生の腕がまっすぐに上がり、それはいつまでもどこまでも天の高いところを目指すように伸びた。

その瞬間に私は理解する。この人の手だ。この人が、手を挙げた。ステンドグラス越しにやわらかな陽射しが降り、薄目を開けたずっと先のほうでまっすぐに上がるこの人の手を、私は確かに見ていた。

# あのひとの娘

いつかはこんな日が来ると思っていた。

想像したほどには気持ちは波立たなかった。少なくとも、恐れていたような衝撃はなかった。まるで待っていたみたいな、ゆっくりとした笑いがこみあげてくる。痛みより弱い、かゆみ。もしくは、痛みが引いた後におずおずと主張する解放感のようなもの。

肩透かしを食った。肩を透かしたのも、透かされたのも自分だ。ちょっとおかしくて、もう一度笑おうとして、でも、もう笑えなかった。目の前に、彼女がいた。

紗英《さえ》、と友達に呼ばれてふりむいた瞬間の顔が無防備で、まだほんの子供みたいな笑顔だった。紗英。なぜかその名前だけでわかったのだ。紗英という名前を誰かから聞いたことがあったのだったか。津川《つがわ》紗英。あのひとの、娘。

彼女はあどけなさの残る白い頰を少し緊張させて、私を先生と呼んだ。

「先生、私も習いに来ていいですか」

早っ、と紺野《こんの》さんが小声でいった。紺野千尋《ちひろ》は高校一年生だ。最初にここへ来たときには小学校の四年生だったから、もう五、六年、通ってきていることになる。面倒見のいい、しっかりした子だ。市民センターでジュニア向けの教室を開くようになって十年になるけれど、毎週の稽古の後にコンスタントに片づけを手伝ってくれる子は紺野さんくらいだ。

その片づけの最中に、見学したいという子がいるので今度連れてきます、といっていた。あれは先週だったか、その前だったか。

目の前の津川紗英はこちらの動揺などおかまいなしに、きらきらと期待に満ちた目で私を見つめていた。

「いいですよ」

答えて初めて自分の声が少し低くなっているのに気づく。緊張すると、落ち着こうとしてかえって声が低くなってしまう。緊張してもそれを表に出さないよう心掛けてきたつもりだったから、津川紗英を前に明らかに緊張している自分がおかしかった。

彼女はぱっと顔を輝かせて、

「ありがとうございます」

勢いよくお辞儀をした。ずいぶんと素直そうな、かわいい子だった。

「まだ見学もしてないじゃない」

紗英の後ろで紺野さんが驚いた声を上げている。紗英は頰を紅潮させたまま紺野さんに、

「でも、もうわかったから」

といった。

何がわかったのだろう。きちんと聞けばよかった。ここへ来て、あなたには何がわかったの、と。

私は今でもときどき、いろいろなことがよくわからないまま大人になってしまったような気がすることがある。大人も大人、もう人生を半分近くまで生きてしまったのに、それでもまだ、わからないことに怯《おび》えている。普段は忘れていても、ときどきわからないことが襲いかかってきそうな気分になる。よく知っているはずのこの向こうから、ぽっかりと白い顔がこちらを覗いているようで、その顔の正体が

わからなくて全身に冷たい汗をかく。
活け花の教室なら、他にもある。なぜわざわざ私のところなんだろう。津川紗英は、あっさりと「もうわかった」といい、私はそのわからなさに困惑してしまう。紺野さんと同じ歳だというから高校一年生のはずだけれど、もっと幼く見える。でも、気がついた。この子と同じ歳のときに、私は初めての恋に落ちたのだった。この子の父親、津川泰郎《やすろう》と。

私はどう考えたって普通よりちょっと背伸びしていただけの娘だった。華道の道を究めたいという願望が胸の中で燃えており、でもそれをひとに話してもわかってもらえないだろうと思い込んでいた。わかってもらえないことをわかってもらおうとするには自意識が強すぎて、私は人前では活け花の「い」の字も出さなかった。たぶん、あの年頃の娘はみんな背伸びをするものだと思うけれど、私の場合は、そのつま先立ちの高さが人より高かった。足の甲がほとんどぴんとまっすぐになるほど背伸びをして、膝を伸ばし、背筋を伸ばし、胸を張り、そうして私は世界と対《たい》峙《じ》した。世界だなんて大げさなのはわかっている。私はただ学校に行き、教室に入り、その狭い場所を世界と呼んでいただけだ。

目いっぱい背伸びをして、目線が合ったのが、あのひとだった。あのひとは、背伸びをしていなかった、と思う。いつも、等身大で、自然で、正直なひとだった。

初めて彼を意識したのは、五月だ。同じ高校に入学して、同じクラスにいたのに、そのときまで顔と名前が一致する程度の認識しかなかった。目立つひとではなかった。無口で、女子とは話しているのをほとんど見たことがない。もしかしたら、私が森太《もりた》と友達でなければ、近づくこともなかったかもしれない。

森太というのは同じ中学の出身で、森山太郎《もりやまたろう》という。略して森太。私の数少ない男友達のひとりだった。何かの委員会で一緒だったことがあって、それからよく話すようになった。よく話すといっても、私はもともとがあまり話すほうではない。よく話すのも、よく笑うのも森太だった。快活で、しかも顔立ちが整っていたから、女子にも人気があった。でも、森太はわざわざ口数の少ない私のところへ来て他愛もない話をしていった。余計なおしゃべりをしない私といるのは気楽だったのかもしれない。

「変なラケットを使ってるやつがいるんだよ」

休み時間に、森太が話しかけてきた。私の前の席の子がちょうどいなかったので、勝手に椅子にすわって、身体をぐいっと捻《ひね》って後ろの席の私を見た。

「何の話」

私が聞くと、森太は、テニス部、といった。

「ラケットに二種類あるんだよ。微妙に丸いのと、卵形のと」

「うん」

「卵形のが最新式で、古いのは丸い。っていっても、俺が中学で始めた頃にはもうみんな卵形だったけど。ガットってわかる？　うん、ガットの張り方が違ってて、卵形のはどこに当たってもボールが飛ぶようになってるんだ」

「ふうん」

「今までの丸い形だと、ちゃんと真ん中に当たらないとボールは飛ばない。つまり、ラケットも進化してるってわけだ。さて、美奈子《みなこ》ならどちらを買う？」

私は少し考えてから、どちらも買わない、と答えた。

「私はテニスはやらないから」

森太は大げさに机に突っ伏した。

「美奈子が運動嫌いなのは知ってる。だからさ、もしも美奈子だったら、って話。ボールがよく飛ぶラケットと、飛ばないラケット」

「飛ばないわけじゃなくて、真ん中に当たれば飛ぶんでしょう」

私がいうと、森太は机から顔を上げて眉をひそめてみせた。

「やっぱり美奈子も変わってるよなあ」

やっぱり、といわれたことより、美奈子も、といわれたことのほうが気になった。背伸びをして私は私だと強がっていた頃だ。私の他にも変わったひとがいるというニュアンスに引っかかった。

「今年のテニス部、初心者が何人かいるんだ。そいつらのぶん、学校からまとめてラケットを発注することになったんだけど、ひとりだけ丸形のラケットを買ったやつがいるんだって」

「ふうん」

それで変わっていることになるんだろうか。森太の話を聞いた限りでは、そのひとは変わっているわけではないと感じた。もしも私と同じ理由だとしたら、丸形を選ぶのは真面目だからだ。

「そいつが、いったんだってさ。真ん中に当たれば飛ぶんだろ、って」

「誰」

「え？」

「誰なの、真ん中に当たれば飛ぶっていったひと」

森太はこちらに向けて捻っていた身体をいったん戻し、教室の反対側の壁際の席にいる男子を指した。

「津川だよ」

そのとき私は初めて津川くんを意識したのだ。

「たいした自信家だよなあ、高校で初心者のくせに」

自信があっていったんじゃないだろう。むしろ、自信がないから丸形を選んだのだと思う。最初から卵形を使ってしまったら、真ん中に当てなくても簡単にボールが返ってしまう。それに慣れたくないのだ。大事な何かを端折《はしょ》ってしまうような気がしたんだと思う。ボールを打ち返すときに、ラケットの真ん中で捕らえる訓練が必要なことくらいは、運動に疎い私でも容易に想像がついた。

「きっと、基本を大切にするひとなんだよ」

　私は壁際でこちらに背中を向けているひとを見ながらいった。

「森太って、終わりよければすべてよし、って思ってるとこがあるでしょう」

「まあな、たしかに、終わりがよければすべてよしだよ。けど、何それ、どうしてそんな話になるんだよ」

　森太は口をとがらせたけれど、私は知っていた。もともと何にでも器用な森太は、どんなことでもそつなくこなしてしまう。どこかで躓《つまず》いても、上手に繕って、丸く収める。それはたしかに森太の能力だけど、うまくいかなくても、丸くは収まらなくても、そのままの形で残すことも大事なんじゃないか。そういいたいような気がするときが、ときどき来る。

「過程が大切なんだから」

　私がいうと、森太はやはり不服そうだった。いくら過程が大切だといわれても、それが実際に大切にされるところを見たことがないひとにはわからないんだと思う。結局は結果ばかりが大切にされる、学校という小さな世界に私たちは生きていた。

　私は幼い頃から活け花を習ってきた。活けられた花しか、ひとは見ないかもしれない。でも、大事なのは、花の美しさだけじゃない。今日活けようと思った気持ち、その花を選んだ気持ち、活けている間の思い、迷い、完成させてひとに見てもらうときの緊張とよろこび、そういうものすべてをひっくるめて活け花なのだ。

「終わりよければすべてよし、ってそんなに悪い言葉じゃないと思うけどなあ」

森太はぶつぶついいながら自分の席に戻っていった。勉強も運動もよくできて、友達も多いようなひとにはわからないんだろう。

私は壁際にひとりですわっている津川くんをそっと見た。たったひとり丸形ラケットを選んだという津川くん。彼がとてもまっとうな男子のように思えた。

その日から、津川くんを知りたい欲は募っていった。丸形ラケットで、その後うまくいっているのか。後悔はしていないか。卵形にしたテニス部員たちに水を開けられたりしてはいないか。

それだけではない。テニスは始めたばかりだという。それなら中学までは何をしていたのか。なぜテニスを始めたのか。どこに住んでいるのか。兄弟は何人いるのか。布団で寝ているのか、ベッドなのか。好きな食べ物は何か。そんなものをいくら積み重ねたところで本物の彼の何百分の一もわからない。それでもよかった。千分の一でも彼を知りたかった。

悪いことに、私にはさらに新しい欲求が生まれた。私のことも知ってもらいたくなってしまったのだ。活け花を除いては知ってもらうような自分など特になかったというのに。

私はテニス部の試合を観に行き、知り合うきっかけをつくろうとしたけれど、彼は万年補欠だった。試合に出ないひとのために応援に駆けつけるというのも間が悪い。

結局、私たちがお互いに知り合うきっかけをつくってくれたのは、やはり森太だった。部活の帰りにサイダーでも飲もう、と私たちふたりを誘ってくれたのだった。私たちはすぐに打ち解けた。多くを話さなくてもわかる。私たちは気が合った。好きなものが似ていた。

津川くんは、静かで、頭がよくて、とてもおもしろいひとだった。

いつも穏やかで何かを考えているような静かな雰囲気が漂っていた。そんな雰囲気のある男子高校生など、まわりを見渡してもいなかったし、後に大学生になってからも、卒業してからも、会えなかった。つまり、私は彼をとても好きだったんだろうなと思う。

とりわけ、好きなものについて語るときの彼が好きだった。彼の家は骨董品店をやっていた。普段はぽつぽつとしか喋らない彼が、好きな器についてなら熱っぽく力を込めて語ってくれた。そういうときの彼といるとぞくぞくした。私だけがこのひとのおもしろさを知っている、と思った。

私も花器には興味があったから、古い花器が店に入ったと聞くと、わくわくと勇んで観せてもらいに行ったものだ。ほんとうは、私が器を愛する必要はなかったのかもしれない。器を愛する彼を愛すればよかった。私の半端な愛情じゃ、彼にしてみれば物足りなかったのかもしれない。

このままずっと一緒にいるんだろうと思っていた。あの頃の三か月は三年だし、一年は十年みたいなものだ。私たちの時間は永遠に続くのかと勘違いしていた。ときどきは森太がやってきて、三人で遊んだりもした。でも、考えてみれば、どこかがずれはじめていたのかもしれない。諍《いさか》いらしい諍いがあったわけでもないのに、私たちはときどきとても遠くに離れているような気がすることがあった。活け花のことを話さない私は、私という草のほんの一部、葉っぱの一枚だけを見せているようなものだった。

何の話の流れだったか、家事の話になった。主婦業も立派な仕事だ、と森太がいい出したことがあった。黙ってやり過ごせばよかったのだ。それがどうしてもやり過ごせなかった。主婦業が立派な仕事だというのは、女性を立てているのか。それとも体《てい》よく見下しているのか。当の私にもわからなかったのだから。実際、あのひとは笑って聞き流したのに、流れを堰《せ》き止めたのは私だ。

「立派な仕事だと本気で思ってるの？」

つい問い詰めるような口調になった。

「立派じゃないか」

「それなら、あなたがやってみなさいよ」

そういい放った。森太はきょとんとしていた。津川くんはすっと目を伏せた。間違ったことをいったつもりはない。でも、あんなふうにいわなくてもよかった。

たぶん、ほんのちょっとのずれだったんだと思う。森太はもちろん、あのひとだって女性の仕事について真剣に考えていたわけではないだろう。私もそうだった。いつかは考えなければならないときが来るとしても、私たちにはまだ猶予があるはずだった。

私はただ華道を一生の仕事にしたいと思っていただけだ。主婦業が立派だといわれると、両立できる自信のない私は肩身が狭かったというだけのことかもしれない。それをうまく説明できなくて、私は苛立《いらだ》った。

男子にとっての仕事と女子にとっての仕事は、人生への混ざり具合が違うんだと思う。しかも、私たちはまだ、ただの高校生だった。好きだとか嫌いだとかいっても、誰かに食べさせてもらって、寝るところがあって、ぬくぬくしたところでの好き嫌いなのだ。津川くんと私が、家族のいないときに部屋でお互いの身体にふれあうことはあっても、それが未来にそのままつながる前に、どこかで変換機能を通さなくてはならないことを、私たちは漠然としか知らなかった。

テニス部の練習を観に行った。三年生の初夏だった。引退試合が近づいていた。津川くんは最後まで補欠だったけれど。試合形式の練習が終わり、ベンチに近づくと、彼らは帰り仕度をしながらのんきに談笑していた。あのときベンチに差していた夏の陽射しを今でも覚えている。

マネージャーがほしかったなあ、と森太がいったのが聞こえた。

「働き者の、かわいい女子マネがいてくれたら、俺たち、もっと強くなれたかもしれない」

それをやんわりと諫《いさ》めるように、それは女子に対して失礼なんじゃないか、といったのが津川くんだった。私は彼らが話している後ろに立って黙って会話を聞いていた。

「どっちかでいいんじゃないか」

「何が」

「働き者であることと、かわいさ」

森太が、相変わらず津川はフェミニストだなぁ、といったのも覚えている。それはフェミニストとは違う、と私は思ったけれど、どう違うのかうまく説明できそうもなかった。肌に感じる暑さと、からだの内側にある冷たさの差が大きすぎて、めまいがした。どうしても引っかかった。すり合わせようとしてもごりごりといつまでも残る不純物のように、喉に引っかかって飲み込めなかった。ただ妙に悲しかった。

私たちはその夏に別れた。

お互いを嫌いになったわけではない。異物感がなくなるまで少し離れたほうがいい。私はそう思ったのだ。しばらくは、いつかよりを戻すんだろうと思っていた。だって、私が彼に異物を感じたのだから。いつか、私が歩み寄ればいい。——まったく、いい気なものだ。いつか、というのがほんとうになったためしがない。いつか、と思いながら私たちは高校を卒業し、いつか、と思いながら大学を卒業した。

会いたい気持ちがなかったわけではないけれど、わざわざ会いに行く勇気はなかった。根拠もなく信じてもいた。私たちはまた会うに違いない。偶然会えたらそのときはにっこり笑って話をしよう。そう思って偶然に期待していたのは別れてどれくらいの間だったろう。いつ偶然が訪れてもおかしくないのに、一度も会わなかったのは、もしかしたら彼のほうには私の偶然よりもっと強い必然が働いていたのかもしれない。もう会わない。そう決めていたのだろうか。

しばらく勤めた後で地元に戻ってきたとき、彼が既に婚約しているという噂を聞いて驚いた。それを知らせてくれたのも、森太だった。あの穏やかな彼に婚約を決めさせるとは、相手はよほどの手練《てだ》れだと思った。

「年下の、おとなしい感じの、かわいい子だったよ」

森太がいうのを聞いて、私は黙り込んだ。遠い昔の、マネージャーの話が脳裏を横切る。年下の、おとなしい感じの、かわいい子。がっかりだ。なんだかそれだけでがっかりしたのだ。彼には物静かなおっとりしたひとが似合うとは思う。でも、年下じゃない。かわいい必要もない。できればいくつか年上の落ち着いた女性がいい。そんなことを思って勝手に怒った。森太につきあってもらって、けっこうな深酒をした。

彼のお父さんが亡くなったと噂に聞いたとき、お葬式が無理でもお通夜にくらいは行きたいと思った。高校生だったあの頃、彼の家に遊びに行くといつも端正な顔をしたお父さんがひっそりと骨董品店の奥で店番をしていた。無口だけれど感じのいいひとだった。お線香くらいあげたかった。でも、かなわなかった。

彼に子供が生まれたことを知ったのも、森太からだ。子供が生まれたそうだと聞いて、なぜか反射的に男の子だと思った。男の子じゃなきゃいけない気がした。内臓がぎゅっと縮まって、苦い味がせり上がってきた。

そのときはじめて、取り返しのつかないことになった気がした。取り返しなんて、もうずっと前からつかなかったのに。まだ間に合う、まだ間に合う、と思おうとしてきた。ほんとうはもうずっと前に終わっていたのだ。私はそれを知っていた。ただ、それでもどこかに細い糸が繋がっていると思いたかったのだ。

その日から、いつか、と思うことをやめた。いつか独立しようと思っていたのをやめ、最短をめざした。猛勉強し、必死に働いて自分の活け花教室を開いた。しばらくして、ふたり目が生まれたと聞いたときも、私は性別を聞かなかった。女の子だったら嫌だったからだ。彼の奥さんよりも娘が怖かった。どういうわけかは自分でもわからない。もしも通りの向こうから彼とその家族が歩いてきたとしても、私は平静を装って挨拶をすることができるだろう。奥さんに微笑みかけることさえできると思う。だけど、娘は嫌だった。一緒にいた頃の彼が若かったからだろうか。私に対するやさしさよりももっと深い慈愛に満ちたやさしさで、彼が娘を見るのが嫌なのかもしれない。よくわからない。ただ、息子であれば刺激されなかっただろう部分が、じりじりと焼かれるように痛んだ。

私にも、その後、つきあったひとももちろん何人かはいる。でも、誰ともあまり長くは続かなかった。私は活け花が好きで、そちらに没頭すると、他のものはどうでもよくなってしまう。無理をしてつきあってもお互いに得るものはない、と思ってしまう。

大事なことには出会い続ける。たぶん、四十になっても、五十になっても、出会うんだろう。だけど、若い頃に出会った大事が人生を決めてしまう。幼い胸に刻まれた大事に従って、ひとは生きていくんだと思う。

私は津川くんを大事だと思い、津川くんといるときに吸い込んだたくさんのことを何度も何度も反芻《はんすう》して生きてきた。それが間違っていたとは思わない。ただ、ずいぶん偏ってしまったのかもしれなかった。

後ろはできるだけふりかえらないようにしてきた。ちらっとでもふりかえることをゆるしたら、ちらっ、ちらっ、ちらっ、とふりかえりながら、ゆくゆくはずっと後ろばかり見て過ごしてしまいそうだから。私にはいったい何が残ったのだろうと考えてしまいそうだから。

三十年近く前のことを今でもこうして手に取るように思い出せるなんて、そのときどんな気持ちだったか、それでどう考えたか、どうしたか、いちいち覚えているなんて。高校生だった私に耳打ちしてやりたい。三十年後に津川くんの娘を教えることになるよ。高校生の私がぽかんとしていたら、畳みかける。その子はあなたの娘ではないんだよ、と。きっと私は泣く。十六だった私も、十六だった私の耳元でささやいている私も。

紗英は熱心に通ってくるようになった。

明るくて素直で、感情がすぐ顔に出る子だった。あのひとにはぜんぜん似ていない。同じ年頃の少女を数人並べて、どの子があのひとの娘でしょうと聞かれたとしても、間違いなく間違う。姿も性格も似ているところがなくて、それは私の心の平穏のためにはよかった。あのひとを彷彿《ほうふつ》とさせる娘と毎週顔を合わせることになったら、心乱れることもあるんじゃないか。いろんなことを思い出したりするんじゃないか。いろんなことを知りたくなったりするんじゃないか。——わからない。そんなことはまったくないかもしれない。でも、気持ちがざわざわする。かわいらしいお嬢さんだが、あのひとの娘だといわれると物足りない。あのひとのいちばんいいところを受け継いでいないような気がしてしまう。

紗英は特に美人ではない。あのひとの面影もどこにもない。ただ、愛嬌《あいきよう》のあるファニーフェイスが、ときどきはっとするほどきれいに見える瞬間がある。なんというか、ものすごく魅力のある顔になる。花に向かっているときだ。私は惚《ほ》れ惚《ぼ》れと紗英の顔を見る。紗英自身はきっと自分の顔には無頓着で、紺野さんによるといまだに化粧品ひとつ持っていないのだそうだ。

「あたしは顔じゃないから」

紗英は笑う。思わずつられて笑ってしまいそうになる笑顔で。目尻を下げ、鼻の頭に細かな皺《しわ》を寄せて。顔じゃないなら、どこなの。あなたはどこで勝負するの、と聞き返すことも忘れそうな、屈託がなさ過ぎて逆に説得力のある笑顔だ。

一日に三百回笑うのが四歳児の平均だというけれど、ほんとにそのくらいは笑ってるんじゃないだろうか。だからあんなに幼く見えるのかもしれない。

活け花のセンスがあることはすぐにわかった。でも、できるだけそれを見ないようにした。どこまでが公正な目で、どこからが私情なのか、自分でもわからなくなりそうだったから。ほめるにも勇気がいった。

たいていの子は、花や花器と向き合う前に、なんとなく手を動かしてしまう。むろん深く考えずに活けるほうがいいときもある。でも、それはずいぶん後の話だ。基本を身につけるべきときに、何も考えないのでは進歩がない。型に沿って活けていくときに、型を信じ、その意味を考え、さらにそこに自分の感性を足す。そうでなければ、活けても活けても成長はない。

紗英はじっと考えていて、動き出したら早い。ぱっぱっと花を選んで、どんどん活けていく。いろいろな花器を使いたがるのも紗英の特徴だ。私は気に入った花器にはとことん向き合う性格だから、そういうところがわからない。無意識のうちに紗英の父親と比べてしまっていることもある。丸形のラケットにこだわっていたあのひとと。

でも、今となっては、疑う気持ちもあるのだ。あのひとは、古いほうのラケットの形が好きだっただけなのかもしれない。その可能性の高さを考えて、笑ってしまう。あのひとは、美しいものが好きだった。丸いラケットのほうが美しかったんじゃないだろうか。

それにもしかしたら、経済的な事情もあったのかもしれない。新しい型のほうが、当然旧型よりも高かったはずだ。津川くんの家が裕福だとは思えなかった。それでも、そのときはその理由を思いつけないほど私は子供だったし、恵まれてもいたんだろう。

そう思うと、怖くなる。私はどれだけ多くのことを気づかずにやり過ごしてきてしまったのだろう。

大半の生徒が帰った教室で、携帯が鳴った。教室の間はもちろん、その前後にも電話には出ない。いつもなら切っておくのに、今日に限って忘れたらしい。

森太だった。

飲みに行こうか、というので、じゃあ七時半にいつものところで、と答えて切った。

「先生、今の、誰ですか？」

紺野さんがめずらしく興味津々という顔で私を見、

「男のひとですよね？」

と続ける。

「そうだけど」

答えると、彼女は、きゃぁっと小さく嬌声《きょうせい》を上げた。私が独身であることは周知の事実なのだろう。それにしてもどうしてここで嬌声になるのか、さすがは女子高校生だと思う。

「あんなふうに短い会話で済むっていうのは、よっぽどお互いを信頼しあっているんだなぁって」

「ああそう」

そっけなく答えたのは、別に照れていたからではない。私と森太は隠すような間柄でもないし、それほどお互いを信頼しあっているわけでもない。

「彼氏ですか」

私はそれには答えなかった。

森太は森太だ。私にとっては森太としかいいようがない。

だいたい、男性から電話があったら彼氏かと勘繰るのは女子高生くらいだろう。会う約束をするのに長々としゃべる必要はないということも、たぶん、彼女たちにはわからない。たくさんの言葉を使い、空気をやりとりする。その手続きを踏まずに用件だけを伝えあえるのは気心の知れた相手だけだ。そう思い込んでいるのだろう。

親しくたって特別に好きだとは限らない。三十年つきあっても、お互いにそれほど関心がない。逆にいえば、お互いに特別な関心がなくても三十年つきあえる。なかったからつきあえたのかもしれない。三十年。この子たちにとっては気が遠くなるような歳月だろう。

私が何も答えないので、紺野さんはそれからはもう何もいわずに残りの花材を運んだ。

お互いに関心はない。それは事実だ。関心は、別のところにあった。私は、あのひとに。それも、知りすぎない範囲で知りたい、という欲求を森太はよくわかっていて、うまく規制された情報を、さりげなさを装って上手に漏らしてくれる。私はそれを、さほど興味もないような顔をして聞くのだ。

森太の関心は、よくわからない。彼にとって、私とつきあう――たまに会って、飲んで、他愛もないことを話すくらいだ――メリットがどこにあるのか、実際のところ、私にもわからないのだけれど。

最後の荷物をミニバンの荷台に載せ終え、教室に戻ってすべての窓を閉めたところで私は紺野さんにお礼をいった。

「いつもありがとう。ほんとうに助かるわ」

「いいえ、こちらこそ、教室の最初から最後まで先生のそばにいると勉強になることがいっぱいあります」

ぐっと詰まった。自分が若かった頃のことを思い出した。そうやって身につけることがたしかにたくさんあったのだ。不意に恥ずかしくなった。さっきは女子高校生を侮《あなど》って申し訳なかった。

「どうもありがとう」

お礼をいいながら、目で紗英を探した。そろそろ鍵をかけなければならない。さっきまでその辺にいたはずだ。いつもではないが、ふたりは一緒にいることが多かった。

首を伸ばしてみると、紗英は花器置き場の前にいた。何をしているのか、そこで屈《かが》んだままじっと動かない。

私の視線に気づいたのか、紺野さんがふりかえって紗英の様子を見、忍び笑いをしながら私に視線を戻す。

「少しだけ待っててやってもらえますか」

「いいけど」

「あの子は記憶力がいいんです」

こっそりと教えてくれる。

「何を記憶しているの？」

私が聞くと、紺野さんもちょっと首を捻った。

「よくわからないんですけど、今日活けた花を、別の花器に活けていたとしたらどうなっていたか、その花器の前でシミュレーションするんだっていってました」

「大きさも形も違うのに？」

はい、と紺野さんはうなずく。

「花器の形によって主枝の位置から変わってきますよね。紗英は今日の花材のようすを細かく覚えていて、頭の中で別の花器に活けるときにそれを少し変えてみたりできるんだそうです。枝のどの辺に葉っぱが何枚どちら向きについていたか、はっきり覚えているんですって。それで、花器を替えても、どの枝をどうアレンジすれば同じように活けられるか反芻できるんだそうです」

「それはたいしたものね」

相槌を打つと、紺野さんも大きくうなずいた。記憶力が優れている点をほめているのではなく、花器を替えておさらいするところをほめたい。それは、活け花への情熱だ。知りたいという気持ちの強さが、花の隅々までを記憶に残すのだ。

「頭の中で、剣山《けんざん》を少しずらしてみたりすることもできるそうです」

紺野さんがいい添える。

頭を撫でてあげたくなった。紗英は恵まれている。身近にこんなにいい友達がいて。後片づけの手伝いもせず、自分の興味や好奇心や能力に没頭できるのは、それをゆるしてくれる環境があるからだ。

「紺野さん、あなたは伸びるわよ」

私の言葉に、紺野さんは驚いた顔になり、それからさっと頬を赤らめた。

「私は取り柄がないから。真面目にやるしかないんです」

こういう子にこそ自信を持ってほしい。真面目にやることがすべての基本だと伝えたい。

「真面目で気配りができるっていうのは、ひととしていちばんの美徳なの。友達のこと、いつも大事にしているし」

いいえ、と彼女は首を振った。

「友達のことは、いつも羨んでます」

小さな声でいって、目を細める。

「でも、だいじょうぶです。特別な才能がなく生きるっていうのはけっこうむずかしくて、だからこそやりがいがあって、私はわりと気に入ってます」

特別な才能があるかないかなど、まだわからない。こつこつと素振りを繰り返しているうちにラケットの真ん中にボールが当たるようになるかもしれない。

「先生」

呼ばれてふりむくと、紗英が立っていた。

「今度の稽古のとき、花器をふたつ使わせてもらってもいいですか。同じ花材で、違う花器にまったく同じように活けたら、型がどうなるのか確かめたいんです」

背伸びをしない。奇抜なことをしない。正直に、体当たりで来る。紺野さんじゃなくても羨ましいくらいだ。奇抜なことをしているようで、実はこの子も「真ん中に当たる」よう努力しているのかもしれない。

「いいわよ」

「ありがとうございます」

紗英は顔をくしゃっとさせ、たんぽぽのような笑顔になった。

「先生の花、大好きです」

思わず笑ってしまう。よくもそんなことを臆面《おくめん》もなく本人にいえるものだ。視界の端で紺野さんが恥ずかしそうにうつむいているのが見える。あなたが照れることはないのよ、といってあげたい気持ちになった。

「あれ、今日はなんだかいつもと感じが違うんじゃない」

七時半にちょっと遅れて席に着くと、ちょうど注文した何皿かがテーブルに運ばれてきた。枝豆に、焼き鳥に、冷ややっこ。夏も近い。それに、焼酎のお湯割り。

「焼酎？　森太が？」

「うん。この頃は焼酎のほうが身体に合ってるみたいなんだよ。翌朝残らない。俺も歳かな」

森太は困ったように首を傾げた。

「――なんて話じゃなくて。なんとなくいつもと感じが違うんだけど」

「感じ？　何の？」

顔を上げると、真面目な顔をした森太がこちらをじっと見ていた。

「美奈子の。何かあっただろ」

何も、といおうとして、ふと、自分でも自分の中で何かが変わったような気がした。なんだろう。何が変わったんだろう。

もう、いい。

そういう声が聞こえたみたいで、でも私自身の声のようにも聞こえた。

「あのひとの娘が教室に来てるの」

そういって少し笑ったら、森太は、驚くでもなく、聞き返すでもなく、ただうなずいた。

あのひと、と呼ぶのも最後にしようと思った。

何かつけたしたほうがいいかなと思ったけれど、これ以上何をいえばいいのかわからない。あとは森太とふたりで黙って食べて、飲んだ。

「それで」

話の続きらしい続きがあったのは、焼酎を二杯空けた後だ。

「どうだった？　あいつの娘」

「うーん」

可愛かった。活け花のセンスはかなりいい。津川くんには似ていないようで、やっぱり似ている。そんな感想が浮かんだけれど、もうどうでもいいような気がした。

「あ、そうだ、ラケットは丸形を選ぶタイプね、あの子も」

森太は意味がわからないようすで怪訝《けげん》そうな顔をしていたけれど、しばらくしてにやりと口の端を上げた。

「なるほど。俺はあのとき美奈子にいきなり駄目出しを食らったからなあ」

ふふ、と笑う。よく覚えている。

「なんだかすっきりした顔してるよ」

私は箸を置き、焼酎の入ったグラスを持ち上げる。

「そうだね。そろそろすっきりしてもいいよね」

「もしかして、ずっとすっきりしないままだったの？」

森太もつきあって乾杯ふうにグラスを持ち上げてくれた。

「ずいぶん長かったなあ」

「うん。さんじゅうねん」

「三十年か。ほんとかよ、もうそんなになるのか。こんないい男がずっとそばにいたのに」

ふふ、とまた笑ってしまう。さっさと結婚して、さっさと離婚したくせに。そのおかげでいい距離を保っていられたのかもしれない。

「三十年前の森太の言葉が、今さら身にしみるよ」

「何？　俺、なんかいいこといってた？」

私は笑ってうなずいた。

「終わりよければ」

ああ、と森太もうなずいた。顔を寄せて、私たちは声を合わせた。

「すべてよし」

まだまだ、

まだまだ、と思う。まだまだ、この花はほんとうの姿を見せていない。葉の向きを考え、茎を大きく切って剣山の上で角度を確かめる。花菖蒲《はなしょうぶ》のやわらかな紫がふっと霞《かす》む。花びらの向こう、ずっと前の列で一心に花を活けている朝倉《あさくら》くんの背中が目に入る。

朝倉くんが花を活けているとき、まわりの空気がぴんと張る。冷たいような、澄んだような空気の層ができて、そこに触れるのが畏《おそ》れ多い感じがする。遠くから見つめているだけでじゅうぶんだと思う。

朝倉くんは中学の同級生だった。勉強ができて、野球部では一塁手だった。友達も多そうだったし、女子にもわりと人気があったはずだ。この辺でいちばんの進学校に進んだことも知っている。でも、特に親しかったわけではなく、知っているのはそれくらいだった。野球部らしく丸刈りだった髪が伸びかけていた。野球は辞めたのかなと思った。

最初に見かけたときは驚きもしなかった。誰か、たとえばガールフレンドだとか妹だとかの付き添いに来てるんだろうと思った。教室の後、花材を一式持ち帰るのがいつもけっこう大変だったからだ。

朝倉くん、と声をかけると、朝倉くんのほうはちょっとびっくりしたみたいだった。久しぶり、と笑った顔は野草がほころぶときみたいな青さを漂わせた。

「誰を待ってるの？」

私は辺りを窺いながら訊いた。

「待ってないよ」

誰かを送ってきただけで待っているわけではないということだろうか。それ以上詮索《せんさく》するつもりはなかった。

だから、時間になっても朝倉くんが教室にいて、帰るどころか用具を揃《そろ》えはじめるのを見てようやく驚いた。男子が活け花を習いに来ること自体はめずらしいことじゃない。この教室にも何人かは男の子がいるし、朝倉くんが活け花にふさわしくないということでもない。そうではなくて、どうして最初に見たときに気づかなかったのか、自分は朝倉くんを全然見ていなかったのか、ということを今さらながら知らされたのだ。朝倉くんは、クラスで勉強していた姿より、校庭でボールを追いかけていた姿より、ここで花を活けている背中がいちばん凜々しい。

視界の隅で朝倉くんが動くたびに、私も揺れた。朝倉くんは今、どの花を見て、どの花に触れているだろう、と思いながら手元の花を活ける。うまくはいかなかった。いつもと変わらず、思うようには活けられない。

教室が終わりに近づいて、生徒の作品を鑑賞しあう時間になると、私は前のほうへ移動し、朝倉くんの席に近づいて彼の花を覗いた。

美しかった。私はその花に釘付けになった。私だけではない。みんな朝倉くんの花を遠巻きにして息をひそめていた。思うように活けられない、と私がいつも思っている、その「思うように」をはるかに超えた花だった。私が思うことなんか、たかが知れている、と思った。

教室の帰りに朝倉くんを追った。花材と華道具を籠《かご》に積んで自転車に跨《また》がろうとしているところに駆けていき、後ろから声をかけた。

「待って」

朝倉くんが振り返る。

「朝倉くんの花、すごくよかった」

はにかんだような目が、まぶしい。こんな表情もできるひとだったんだ。

「いや、まだまだだよ」

日に焼けた顔でそういって片手を挙げると、朝倉くんは自転車で走っていってしまった。

陽射しの中を自転車で走る。今年は春の勢いがいい。汗ばむような陽気だ。大きな川のカーブする外側の小さな町の、役場や公民館や商店街のある一角から自転車で十五分。古くからの住宅地に、ぽつんぽつんと店が混じる。そこに、うちがある。通りに面して骨董品店。その奥が住居になっている。

家に入ると、急いで瞬きをしなくちゃならないくらい薄暗い。窓が高くて小さいせいだ。ぼんやりした光に、漆喰《しっくい》の壁と黒光りする廊下が白黒写真みたいに浮かびあがる。裸足《はだし》で上がると廊下は磨き込まれてひんやりしている。

「あら、帰ってたの」

台所で母が振り返る。

「やだ、また裸足」

肩をすくめて通り過ぎると、奥の部屋から出てきた祖母に呼びとめられた。

「今日の花、さっそく活けてごらんよ」

「待って、あとでね」

そそくさと自分の部屋に逃げる。

「あとで、はないよ、あとになったらチャンスはもうなくなってるんだよ」

祖母の声が追いかけてくる。何をいわれても同じだ。今はぜんぜん活けたくない。朝倉くんのあんな花を見ちゃった後に、自分で活ける気にはなれない。

二階の部屋は庭を挟んで土手に面している。部屋の窓を開けて、外を見る。庭に雛芥子《ひなげし》が咲いている。その向こうに土手の緑が続く。土手の上は桜並木で、向こう側は川原だ。広場や散歩道があって、大きな川がゆるやかに流れる。

私は土手に上って川を眺めるのが好きだ。いつだったか、川を見ていてこちらを振り返ったら、屋根の瓦が光っていて、その下の古ぼけた壁や、窓や、庇《ひさし》や、縁側なんかが、すごくちゃちに見えた。こんなちっぽけな家の中で家族が暮らしているんだと思うと不意におかしくなった。ひとりで笑った。笑った後で胸の真ん中がしくしくした。ワレワレハ、と胸を張る。ちまちま生きてるんだなあ、ワレワレハ。ちまちまがなんだか愛しくて、せつなくて、でもとてつもなく偉大なことに感じられた。あのときの感情をそっくりそのまま取っておければよかった。胸を張っていいんだ、と思えたことが今はとても遠く感じられる。

幼い頃、よく姉妹三人でこの土手にすわってお弁当を食べた。そのときの、姉たちの蝶々《ちようちよ》みたいにひらひら飛びまわる笑い声と、おひさまの光と、川の流れる音とが、今でもこの土手のどこかに残っている感じがする。紗英《さえ》、紗英、と呼んでいた。紗英はお豆さんだからね、と笑う姉たちの声。

晴れた日の午後には土手の白詰草《しろつめくさ》を編んで冠をこしらえた。花の冠をお互いの頭に載せあってうっとりする姉たちを覚えている。やがて姉たちは私の頭にも冠を重ねてくれた。お姫さまみたいだよ、紗英、可愛いね。冠はやわらかな土と若草の匂いがした。可愛いね、と姉たちに微笑まれると、夢見心地になった。自分はお姫さまなのだと信じて疑いもしなかったあの頃を思うと、つい口許がほころぶ。いずれ現実に直面するときは来る。幼いひととき、自分を可愛いと思い込むことができて私はしあわせだった。

昔たしかにあったものは、消えてなくならない、だろうか。上の姉は遠くの大学へ通うために家を出てしまい、下の姉ももう土手にすわってお弁当を広げたりはしない。私だけが土手を見ている。それでも、そのあたりにまだあの頃の光や風がさざめいている気がする。

「紗英はお豆さんだからね」

窓から外に向かっていってみる。お豆さんというのは、お豆みたいに小さい子、という意味らしい。小さくて、面倒を見てあげなきゃいけない子。それは単に三姉妹の一番下だからということだけでなく、いつまでも下の立場に喜んでいる子だったということだろう。姉たちがふたりでなんでも引き受けてくれて、私はのほほんと楽しかった。まだまだお豆さんでいられる、と意識していたわけではないけれど、少なくとも、「まだまだ」を厳しい意味で使ったことはなかった。朝倉くんの花を見るまでは、たぶん一度も。

活け花教室で次に朝倉くんと会ったときに私は訊いた。

「まだまだ、って、どうしてわかるの」

え、と朝倉くんが顔を上げる。

「こないだ、まだまだだっていったよね。どうしてそう思うの。どうしてわかるの。どうしたらまだまだじゃなくなるの」

まだまだ届かない、思うようには活けられない。朝倉くんは自分の花をそう評した。

「ちょっと、紗英」

千尋《ちひろ》が私の左肘《ひじ》をつついて止めようとしている。千尋は親切だから私が突っ走り気味になると上手に制御してくれる。この活け花教室を紹介してくれたのも千尋だった。

「わかるときはわかるんじゃないかな」

真面目な声で朝倉くんはいった。それからちょっと笑った。

「謙遜だとは考えなかったんだね」

「え、謙遜だったの？」

私が驚くと、冗談だよ、という。

「花を活けてると気持ちがいいだろ。思った通りに活けられると、気持ちのよさが持続する。そのやり方をここに習いに来てるんだ。みんなもそうなんじゃないの」

「なるほど」

私は感心して何度もうなずいた。

「気持ちのよさが持続する。なるほどね」

朝倉くんは、やめて、恥ずかしいから、といった。

「なるほど。気持ちのよさを持続するために」

うなずきながらもう一度私がいうと、朝倉くんはしっしっと追い払う真似をした。

思った通りに活ける、と朝倉くんはいったけれど、私の「思った通り」じゃだめなんだと思う。私なんかの思ったところを超えてあるのが花だ。そう朝倉くんの花が教えてくれている。

じゃあ、なるべくなんにも考えないようにして活けてみよう。

その考えは、しかし間違いだったらしい。

「津川《つがわ》さん、真面目におやりなさい」

先生は巡回してきて私の花を見るなりそういった。

「しょうがないわねえ」

いつもなら、注意されることはあっても先生の目はあたたかい。しょうがないわねえ、と笑っている。でも、今日は違った。基本形を逸脱しためちゃくちゃな花がよほど腹に据えかねたらしく、剣山から私の花をぐさぐさ抜いた。

「どういうつもりなの」

声は怒りを抑えている。周囲の目がこちらに集まっている。

「いつもの津川さんじゃないわね。遊び半分で活けるのは、花を裏切ったことになるの」

すみません、と私は謝った。遊び半分なんかじゃなく、真剣に考えたらこうなったんだけど、普段は穏やかな先生の剣幕を見たらやっぱりそれはいえなかった。先生は花を全部抜くと大きくため息をついて、ふいと立ち去ってしまった。

千尋と目が合う。どんまい、と目だけで笑ってくれる。もう一度水切りをしなおして、少し茎の短くなってしまった花を見る。またいつもみたいに、習った型の通り順番に差していくんだろうか。型通りなら誰が活けても同じじゃないか。私はこっそり辺りを見まわす。みんな、おとなしく従っているのはなぜなんだろう。――そんなふうに思うなんて不遜《ふそん》だし傲慢《ごうまん》だ。だけど急に、目の前の花が色褪《いろあ》せて見える。もしかしたら活け花はどうしても私がやらなきゃならないことじゃないのかもしれない。

このまま塾に行くという千尋と別れて帰ろうとしたら、市民センターの出口のところに朝倉くんがいた。自然にふたり並んで歩き出す。

「どうして私を待ってたの、とか訊かないか普通」

朝倉くんがいうので初めて気がついた。

「そっか、朝倉くん、あたしのこと待っててくれたんだ」

「……いいよなあ、さえこは」

さえこ。懐かしい呼び名だ。久しぶりに聞いた。さえこ、さえこ、と中学のクラスメイトは呼んだ。ほんとうの名前は紗英なのに、そこになぜか子をつけて、紗英子、それが私の愛称だった。紗英、と呼び捨てにするほど親しくない同級生たちにとって、子をつけるだけでフェイクになる。紗英子なら呼べる。そういうことらしい。彼らは私を呼びたかったのだ。さえこ、さえこ、と気軽に愛称で呼べて、さえこはいいよなあ、なんていえる存在が欲しかったんだと思う。事実、私は一日に何度も名前を呼ばれ、さえこ、さえこ、と手招きされる。さえこはいいね、さえこはいいよなあ。何がいいのかよくわからないけど、みんなにそういわれるのがこそばゆくて、うふふ、と笑う。そうすると彼らはいよいよもって、いいよなあ、と繰り返す。

「さっきの、先生に注意されてた花、見たよ。びっくりした。あれ、遊んでたんじゃないよな、確信犯だよな」

うーん、と私は言葉を濁す。

「自分でもどうしたいんだかわからなくなっちゃった」

「それもわかった、あの花見たら」

朝倉くんはそういって笑う。

「やりたいことはなんとなく伝わってきた。面白いと思ったよ。でも、何百年もかけて磨かれてきた技に立ち向かおうと思ったら、足場が必要だろ。いきなり自己流じゃ太刀打《たちう》ちできない」

市民センターを出ると陽射しが強い。自転車置き場まで並んで歩く。

「あの先生は、正当に磨かれてきた技を継いできたひとだと俺は思ってる。頭は少々固いけど、習う価値はあると思うよ。だけどさえこがどう思うかは、さえこ次第だ」

「あたしはべつに」

「べつに、やめようとは思ってない？」

「うん」

嘘をついた。やめてもいいかな、とちょっと思っていた。曲がりなりにも活けた花を、有無をいわせず全部抜かれたらやっぱりめげる。

でも、朝倉くんが笑顔になった。

「そうか、よかった。せっかくなんだから、やめるなよ」

「ありがとう」

手を振って別れ、すぐに朝倉くんは反対方向へ走り出す。私は桜並木のほうへ自転車をゆっくり漕《こ》ぎ出しながら、朝倉くんの「せっかくなんだから」を考える。せっかく始めたんだから、やめるなよ。せっかく面白くなってきたんだから、やめるなよ。せっかく会えるんだから、やめるなよ。うん、これかな。私はいちばん自分に都合のいいフレーズを選んで口の中で繰り返す。せっかく会えるんだから、やめるなよ。うふふ、と笑みがこぼれる。

家に帰るといい匂いがしていた。小麦粉と砂糖と卵の混じった、懐かしい匂い。小さい頃はよく母が簡単なお菓子をつくってくれたものだ。この頃は下の姉がつくる。私より五歳上のこの姉は、ほんの一年ほど前までは全然家にいなかった。嵐の中の小舟のように、といってみたら、やめてよ、と笑って私を叩く真似をしたけど、ほんとに嵐の大海に揉《も》みくちゃにされる小舟みたいに見えた、あの頃の姉は。

姉の七葉《なのは》は薔薇《ばら》のようにきれいで、やさしくて、誰からも好かれていた。男の子も女の子も、みんな姉のまわりにいたがった。私も友達は多いほうだけど、そんなのとはわけが違う。手をつないで横並びの輪にいる私と、その中央で崇《あが》められている姉。すごいなあ、なのちゃん。いつも私は憧れていた。

だけど、大変だったと思う。そこにいるだけで注目を集めてしまうんだから。給食のカレーを毎回おかわりするとか、本屋で漫画を立ち読みしていたとか、そんな程度の目撃情報がまわりまわって私たち家族にも伝わってきた。

私ならとても我慢できなかったろう。あんなふうに、みんなの宝物みたいな存在になっちゃったら、下りるか、逃げるか、そうでもしなければ紙みたいにぴらぴらに疲れてしまうんじゃないか。宝物として輝き続けるなんて、ものすごく体力のいることだ。

姉に変化が訪れたのは、ちょうど姉が今の私の頃だったと思う。ひとつ違いの上の姉と喧嘩をして――私はその現場を見ていないのだけど、とても大きな喧嘩だったはずだ――突然、家にひびが入ったみたいになった。あんなに仲のよかったふたりが、顔を合わせても口もきかない。意地で口を開かないのではなく、もっとずっと自然に、昔から一度も口をきいたことなどないふたりに見えた。何があったのかは知らない。尋ねることもできなかった。

姉は静かに荒れた。見た目にはかえって美しさを増したような気がする。でも荒れ狂っているのはたしかだった。家にいることが少なくなり、ときどきは帰ってこないこともあった。入れ違うように上の姉が家を出た。

それからの姉に何が起こったのか、私はやっぱり知らない。でも姉は徐々に落ち着きを取り戻し、この家にふたたび碇《いかり》を下ろすことに決めたようだ。大学には真面目に通い、あとは家にいてお菓子を焼いたり、おいしいごはんをつくってくれたりするようになった。この一年ほどのことだ。それなのに不思議だ。ずっと前からこの懐かしい匂いはここにあって、いつでも私の気持ちをあたためてくれたような気がしている。

ただいま、と台所に入っていくと、母と姉が同時に振り返った。

「おかえりなさい。どうだった」

「何が」

「お花でしょ、紗英、お花習いに行ってきたんじゃなかったの」

「ああ、お花」

そういった私の顔を見て姉が吹き出す。

「うまくいかなかったのね。だけどそのあと、何かいいこともあった。今日は相殺してプラスマイナスゼロ、ってとこかな」

「な、なのちゃん、なんでわかるの」

「顔。顔にぜんぶ書いてあるよ」

思わず顔に手をやると、姉は屈んでオーブンの中を覗き込んだ。そうして、健やかに焼けつつあるお菓子の具合を確かめるみたいに私に尋ねた。

「それで、どっちを聞いてほしいの、うまくいったほう、いかなかったほう」

「いったほう」

「だよね、紗英は」

「でもそんな、うまくいったってほどのことはなんにもないよ、ただ朝倉くんとちょっと親しくなっただけ」

　そうだろうか、親しくなっただろうか。一瞬考えたけれど、親しくなったことにしようと思う。

「誰、朝倉くんて」

　姉が私のほうに向きなおる。

「中学の同級生。お花の教室に来てるんだ」

「お花やってる男の子、いいね、面白そうな子だね。でも紗英、河野《こうの》くんはどうしたの」

「やだ、河野くんとはべつにそんなんじゃないよ。朝倉くんだってべつに、さ」

　姉が笑う。次にいわれることはわかっている。

「幼稚園の頃から、バレンタインに誰にチョコをあげるか決められなくて悩んでた子だからねえ」

ふふ、と母も肩で笑っている。焼けたら呼んでね、と頼んで奥の和室に寝転がる。仰向けになって、両手と両足を伸ばして。うまくいかなかったほうのことは聞かれなかった。聞かれなければいつもならそれで済んでしまう。だけど今回ばかりはそうもいかないみたいだ。頭の中に花の影がちらちらしている。床の間に母が活けた花につい見入ってしまう。これが真《しん》でこっちが副《そえ》、きれいに傾けてある。この枝が控《ひかえ》にまわっているのか。花材は木瓜《ぼけ》と雪柳。庭に咲いたものと、近くの花屋で見繕ってきたものと、どちらがどちらともいえないほどぴったりと呼吸を合わせているようで、しかも整いすぎず、愛らしい。なるほど母は花の名手だ。私もこういう花を活けられるようになりたい。でもどうすれば近づけるか、どこから手をつければいいか、わからない。

翌週、朝倉くんの花はやっぱり素晴らしかった。大胆でのびのびしているのに、やさしい。葉っぱの一枚一枚に勇気が感じられた。花の開く方向には未来を感じさせられた。教室が終わるのを待って、朝倉くんに声をかけた。

「どうしてお花を活けるの」

朝倉くんはたじろいだように顎《あご》を引いて横目で私を見た。

「どしたの急に」

「わからないんだ、あたし。朝倉くんの花はすごくいい。それならあたしが活けなくたっていいんだよね。朝倉くんが活けて、あたしは毎日それを横で見ていられればいい」

思わず、という感じで朝倉くんが吹き出す。

「それってプロポーズ？」

朝倉くんがふざけるのを無視して続ける。

「あたし、ずっと考えてたんだ。こないだ、気持ちのよさを持続させるために活け花を習ってる、って朝倉くんいってたよね」

朝倉くんはちょっと首を傾げ、帰り支度をする手を止めた。

「あのときはそんなふうに思っただけだよ。気持ちいいとか悪いとか、大手を振って自分の感覚を信じられる機会なんてそうそうないから」

そうか、と思う。腑《ふ》に落ちた気がする。そんなふうに思えるんだ。

「だからあたしは迷うんだね」

「なにを」

「いつも、気持ちいいことばっかり探してるから。気持ちのよさを追求するんだったらほかのことのほうが手っ取り早いじゃない。それで特にお花じゃなくてもいいって、あたしは思っちゃうのかもしれない」

朝倉くんは不思議なものでも見るように、しげしげと私の顔を覗き込む。

「しあわせなひとだな、さえこは」

「そう?」

朝倉くんはうなずいて手元の花材を新聞紙で包んだ。

「ちょっと、歩かない?」

「あたし、自転車なんだけど」

「俺も」

それで私たちは連れ立って教室を出る。市民センターの前の通りを、自転車を押していく。大きな川のあるほうへ自然に足が向かう。桜並木の川沿いは、陽射しを避けて歩くのにちょうどいい。

「どうしてお花を活けるの」

朝倉くんの少し後ろを歩きながら、背中にいってみる。朝倉くんは振り向いて苦笑する。

「それ、さっきと同じ質問」

「そうだった」

それから私たちはしばらく黙って川沿いの道を歩く。緩やかな坂を上ると、土手の上にはベビーカーを押す若いお母さんたちが何か楽しそうに笑いあっていた。

「朝倉くん、どうしてお花を始めたの」

ああ、と朝倉くんは気の抜けた声を出した。

「習い始めたのは母親の影響」

「あ、あたしも。うちのお母さんはお花の名人だよ」

そういってしまってから、名人という位が華道にあるのかどうか、私はちょっと考える。

「うちは、違う」

朝倉くんがあっさりという。

「うちの母親は自分ではやらない。ただなんでもやらせたがったんだ。可能性を広げるために、とかいってね。小さい頃からいろんな習い事に通ったよ」

「いいお母さんだね」

朝倉くんは変な顔をして私を見た。

「いいかな、そんなの。興味のあることならなんでもやってみなさいって、その中から自分に合うものを選べばいいって。おかげでけっこう忙しい子供時代だった」

「間違いなく、いいお母さんだよ」

「そうかなあ。そんなことで広げられるようなものかなあ」

「何を広げるって？」

朝倉くんは空を見上げる。

桜の枝越しに私も空を見上げる。俺の、といいかけて朝倉くんは一瞬ベビーカーのほうを振り返った。私もつられて振り返る。赤ん坊のむっちりした肌色が日にあたって光っていた。

「未来、なんじゃないの、親が広げたいのは」

ぶっきらぼうな答だった。

「手当たり次第に習わせてもらってその中から見つけるなんて、お坊ちゃんだろ。それじゃ子供は親を超えられないことになるよなあ」

「親に感謝したほうがいいよ」

朝倉くんを遮って、私はいった。

「お花が残ったんだから」

「残ったっていっても、お花で食べていくわけにはいかないだろ」

「なんでお花で食べようなんて考えるの」

朝倉くんが私を見る。

「食べなくて、いいのか」

「いいのよ」

「いいのか」

「いいの」

うーん、と朝倉くんは唸《うな》った。気持ちよければそれでいいのか。いいに決まってる。

「朝倉くん、お花を活けてる間はずっと気持ちがいいんだよね」

「うん」

「それってすごいことなんだよ。朝倉くんには才能があるんだよ、お花の才能っていうより、熱中できる才能。しあわせになれる才能だよ」

朝倉くんは目を細めて私を見た。

「いいよなあ、さえこは」

やさしい笑顔だった。それからまた空を見上げる。あ、と思う。いい顔をしている。普段なら、えへへ、なんて一緒に笑って済ませただろう。それなのに、今日は笑えない。いいよなあ、だけで通り過ぎてほしくなかった。軽くかわされちゃうのは、もしかしたら私がずっとお豆さんの役だったからだろうか。

後ろから肩を叩かれて、ひゃっと飛び上がる。古典の細谷《ほそや》先生だった。

「そんなにびっくりしないでよ」

彼女は笑って、私が見ていたものに視線を戻す。図書室の前の廊下に飾られた花だ。華道部の作品らしく、生徒のクラスと名前の書かれた紙が置いてある。

「お花に興味ある？」

いえ、と私はいう。

「この猫柳、ずいぶん見事に太ってるな、と思って。べつにお花に興味があるわけじゃなくて」

それとなく後ずさる。細谷先生は話が長い。授業の間、夢想の世界を行きつ戻りつするような解釈を延々と聞かされる生徒の身にもなってほしい。

「よく猫柳だってわかったわねぇ」

細谷先生はにやりと笑う。授業中、生徒が喋っても眠っても特に注意するでもない覇気《はき》のない顔とは別の顔だ。いきいきした目だった。

「あなた心得があるでしょ。華道部はどう。今、部員募集中なのよ」

いえ、いえ、と私はさらに後ずさる。

「あなたみたいなひとが入部してくれたら、さぞかしひとが集まるんじゃないかと思うの」

先生は、ふ、と笑った。笑っているのに口の端が下がって見えた。

「わかるでしょう、そんなに真剣にならなくていいの。部活の間、楽しく笑って過ごしてくれればそれでいいの。その代わり、男子なんかも勧誘してくれるとうれしいんだけどな。そういうの、得意よね」

ああ、こういうことをいおうとする直前にひとの目はいきいきするんだな、と私は先生の光を帯びた目を見て思う。光って、べたべたしている。

「どうかな。考えてみてくれるかな」

いつものあなたみたいに、ふわふわと、気持ちのいいところだけ掬《すく》って。そういわれた気がした。私は壁に凭《もた》れていた背を起こす。

「その花、顧問の先生のご指導ですか」

「そうだけど——顧問は私よ」

「それでしたら、けっこうです」

「どういうこと」

「その花、面白くありません」

細谷先生は胸の前で腕を組んだ。

「それはまた津川さんらしくない感想ね」

「あたしらしくない感想、ですか。もしも普段のあたしらしかったら」

いいながら、なぜか笑い出したくなった。

「わあ、このお花、上手ですねぇ、きれいですねぇ、なんて適当にほめて逃げるだろうってことですか」

「あらま」

細谷先生は私の目の前まで一足に踏み込んできた。

「自分でよくわかってるんじゃない」

「あたしらしくない、ですよね」

そうなのだ、私らしくないのだ。たぶん、ひとが思う私らしさとは違うところでぐんぐんと根を張っていたものが、今、ひょいと地面から顔を覗かせたんだろう。

「あなたの普段の姿は演技ってわけ」

細谷先生の眉間《みけん》にくっきりと皺が刻まれている。私はできる限りにこやかに笑う。

いいなあ、さえこのその屈託のない笑顔、つられて笑いたくなっちゃうよ。いつもみんなにそういわれる。その笑顔で、今、笑えているだろうか。

「演じてなんかいないんですよ」

さえこの笑顔のままで、私はいった。

「面白くない花は面白くない、それくらい、あたしだっていうんです」

「……ねえ、調子に乗ってるんじゃないわよね」

「ぜんぜん乗ってませんよ、普段通りです」

私は平気な顔で踵《きびす》を返す。先生がまだあの光る目で私を見ている。背中に痛いほど視線を感じる。なんでこんなことになっちゃったんだろ、と思いながら私は階段を下りた。

そろそろ来る頃かなとは思っていた。もっと前からじわじわ始まっていたのだろう。

三年にひとりくらいの割合で、私を毛嫌いするひとに出くわしてきた。向けられた悪意に鳥肌を立てるばかりで、反撃することも叶わなかった。悪意の理由を知らされることもない。どうすれば悪意を避けることができるのか、いまだにわからずにいる。

最初は幼稚園の同じクラスにいた女の子だった。私が友達と楽しく遊んでいるところへやってきては蹴ったり砂をかけたりする。意地悪な子だと思ったけれど、ほかの子に対しては普通にやさしかった。私のお弁当箱をひっくり返した現行犯で先生に叱られたその子が泣きながら訴えたのは、紗英ちゃんはなんだかむかつく、ということだ。子供心にもショックだったけど、先生をはじめ、友達みんなが紗英ちゃんは悪くないと口々に援護してくれた。私はほんとうにその子に何もしていない。

　小学校に上がるとすぐにたくさん友達ができた。ひとと仲よくなるのが私の特技だといってもよかっただろう。私は相手のいいところばかり見てしまうから――そこが特技なのかもしれない――誰のことでも好きになれた。すると相手もたいてい私を好きになってくれる。それでうまくいっていた。私は友達に囲まれてにこにこ笑っていればよかった。それなのに、やっぱりひとりにだけ嫌われたのだ。今度は上級生の男の子だった。私を見ると追いかけてきて唾をかけたり、突き飛ばしたりした。そのくらいの年頃の男の子は好きな子を見ると苛《いじ》めたくなるものなんだ、なんて大人はいったけど、私にはわかる。好きだから苛めてるんじゃない。あの子は私が憎くて手を出している。それくらいのことは私にだってわかる。

　帰り道で待ち伏せされたことがあった。電柱の陰で待ちかまえているその子を見つけて心臓が止まりそうになったそのとき、ちょうど姉たちがふたりで通りかかったのだ。それはもう見事な一幕だった。縄跳びの縄を鞭《むち》のように振り回しながら飛び出してきたその子を見て、お人形のような姉たちの顔が般若《はんにゃ》に変わった。練習したみたいに息の合った回し蹴りを二発続けて炸裂《さくれつ》させ、それからふたりしてその子の家まで乗り込んでいって、二度と妹に近づくなと約束させた。帰る道すがら、姉たちは私の両側から手をつないで歩いてくれた。右手を上の姉が、左手を下の姉がしっかり握ってたんたんと歩いた。私にも悪いところがあったんじゃないかとか、落ち度があったはずだとか、中学生だった彼女たちはひとこともいわなかった。今でもそれに救われている。

小学校の高学年でも、中学生のときも、ひとりから執拗《しつよう》な悪意を浴びた。その相手が他の子に対しては特に乱暴でも意地悪でもなかったことがわかったときに、なんとなくあきらめがついた。

思い出すと気が滅入《めい》る。悪意については極力考えないようにしてきた。紗英が悪いわけじゃない、紗英は悪くない。つないだ手の両側から繰り返された姉たちの言葉だけが頼りだった。

今、自転車を漕ぎながら、紗英は悪くない、悪くない、とペダルを踏むのに合わせて口にして、居心地の悪さを感じている。ほんとうにそうだろうか、と思っている。私のどこかにひとの悪意を逆撫でする部分があるのではないか。自分でも気づかないような私の奥の深いところに、ひとと呼応しあう悪意の欠片《かけら》が潜んでいて、ときたま誰かがそれに反応するのではないだろうか。ちょうど降りはじめた小雨みたいに、居心地の悪さが頭から私を濡らしていく。私は悪くない。でも、よくもない。

思えばずっと守られてきた。闘うことなんてなかった。そんなふうに生きてこられたのは恵まれていたんだと思う。いつもにこにこしていられたのは、私自身の資質じゃなくて、闘ってくれたひとがいたからなのかもしれない。

悪くもなく、よくもなく、ふわふわしている。つかもうとすると、ひゅるんと消える。どこにも引っかかりがないのが私だとしたら、細谷先生の見た通りの人間だということになる。小雨がだんだん強くなる。視界が悪い。ひとの悪意を刺激する部分が私の中にあるとしたら、私のまだ見ていない私がどこかにいるのかもしれない。

知らない私を探したくはない。ペダルを強く踏み込みながら、それだけは思う。探すより、なりたい。こんなひとになりたいと願う、その気持ちのほうが大事だ。こんな花を活けたいと願う、その思いの強さのほうが。

「あたしの花ってどんな花なんだろう」

濡れた髪を拭き、ほうじ茶を飲みながら漏らした言葉を、祖母も母も姉も聞き逃さなかった。

「紗英の花？」

私らしい、というういい方は避けようと思う。自分でも何が私らしいのか、今はよくわからないから。

「あたしが活ける花」

「紗英が活ければぜんぶ紗英の花じゃないの」

母がいう。私は首を振る。

「型ばかり教わってるでしょう、誰が活けても同じ型。あたしはもっとあたしの好きなように」

といいかけて、私の「好き」なんて曖昧で、形がなくて、天気や気分にも左右される、実体のないものだと思う。そのときそのときの「好き」をどうやって表せばいいんだろう。

母は察したように穏やかな声になる。

「そうねえ、決まりきったことをきちんきちんとこなすっていうのは紗英に向いてないかもしれないわねえ」

そうかな、と返しながら、そうだった、と思っている。すぐに面倒になってしまう。みんながやることなら自分がやらなくてもいいと思ってしまう。

「でもね、そこであきらめちゃだめなのよ。そこはすごく大事なところなの。しっかり身につけておかなきゃならない基礎って、あるのよ」

「根気がないからね、紗英は」

即座に姉が指摘する。

「ラジオ体操、いまだにぜんぶは覚えてないし」

「将棋だってぜんぜん定跡通りに指さないし」

祖母がぴしゃりといい放つ。

「だから勝てないんだよ」

「いいもん、将棋なんか、勝てなくてもいいもん」

姉たちは将棋も強かった。たったひとつの玉《ぎょく》を目指して一手ずつ詰めてゆく。

ふたりが盤の上できれいな額をつきあわせ、意識を一点に集中させてゆくと、傍にいるだけで息が苦しくなった。その点、囲碁はいい。盤上のあちこちで陣地の取り合いがある。右辺を取られても左辺が残っている。石ひとつでも形勢が変わる。将棋よりずっと気持ちが楽だ。

「囲碁でもおんなじ。定石無視してるから強くなれないのよ。いっつもあっという間に負かされてるじゃない。長い歴史の中で切磋琢磨《せっさたくま》してきてるわけだからね、定石を覚えるのがいちばん早いの」

「早くなくてもいい」

ただ楽しく打てればいい。そう思って、棋譜を覚えてこなかった。数え切れないほどの先人たちの間で考え尽くされた定石がある。それを無視して一朝一夕に上手になれるはずもなかった。

「それがいちばん近いの」

「近くなくてもいい」

姉は根気よく言葉を探す。

「いちばん美しいの」

美しくなくてもいい、とはいえなかった。美しくない囲碁なら打たないほうがいい。美しくないなら花を活ける意味がない。

「紗英はなんにもわかってないね」

祖母が呆《あき》れたようにため息をつく。

「型があるから自由になれるんだ」

自分の言葉に一度自分でうなずいて、もう一度繰り返した。

「型があんたを助けてくれるんだよ」

はっとした。型が助けてくれる。そうか、と思う。そうだったのか。毎朝毎朝、判で押したように祖母がラジオ体操から一日を始めることに、飽きることはないのかと不思議に思っていた。そうじゃなかったんだ。毎朝のラジオ体操が祖母を助ける。つらい朝も、苦しい朝も、決まった体操から型通りに始めることで、一日をなんとかまわしていくことができたのかもしれない。楽しいことばかりじゃなかった祖母の人生が型によって救われる。そういうことだろうか。

「いちばんを突き詰めていくと、これしかない、というところに行きあたる。それが型というものだと私は思ってるよ」

今、何か、ぞくぞくした。新しくて、古い、とても大事なことを聞いた気がした。それはしばらく耳朶《じだ》の辺りをぐるぐるまわり、ようやく私の中に滑り込んでくる。

型って、もしかするとすごいものなんじゃないか。たくさんの知恵に育まれてきた果実みたいなもの。囓《かじ》ってもみないなんて、あまりにももったいないもの。今は型を身につけるときなのかもしれない。いつか、私自身の花を活けるために。

今は修業のときだ。そう思ったら楽しくなった。型を意識して、集中して活ける。型を身体に叩き込むよう、何度も練習する。さえこも紗英も今はいらない。型を自分のものにしたい。いつかその型を破るときのために。

「本気になったんだ」

私の花を見て、朝倉くんがつぶやいた。

桜並木の土手の上を、自転車を押していく。朝倉くんが川のほうを見ながら前輪ひとつ分だけ前を行く。茴香《ういきよう》が無造作に新聞紙に包まれて籠にある。車輪からの振動で黄色い花が上下に細かく揺れている。

「それで今日の花なんだね。さえこが本気になると、ああいう花になるんだ」

ちょっと振り返るように私を見て、朝倉くんがいう。

「なんだか、意外だ」

意外だなんてよくいう。私のことなんか知らないくせに。ふわふわのところしか見てなかったくせに。

でもさ、といって朝倉くんは自転車と一緒に足を止める。川原のほうを指さして、下りる？　と目で訊く。

「意外だったけど、面白くなりそうだ」

土手から斜めに続く細い土の道を、勢いよく下りはじめる。私は後ろからそろそろと下りる。自転車のハンドルを握って、勢いがつかないよう力を込める。一歩一歩踏みしめて、それでも最後は駆け足になる。自転車が跳ね、籠から茴香が飛び上がった。

下りきったところに朝倉くんはスタンドを立てる。私が隣に自転車を停めるのを待って、川縁のほうへ歩き出す。

「さえこが本気になるなんて」

「さえこ、って呼ばないで。ほんとうの名前はさえこじゃないの」

朝倉くんがゆっくりとこちらを向くのがわかる。私は川面が新しくなったり古くなったりしながら流れていくのを眺めている。

「知ってるよ」

「じゃあ、ちゃんと名前で呼んで。これがあたし、っていえるような花を活けたいと思ってるの。さえこじゃないの」

「うん」

「さえこじゃなくて、紗英の花。まだまだ、遠いけど」

さえこの花は、といいかけた朝倉くんが、小さく咳払いをして、いい直す。

「紗英の花は、じっとしていない。今は型を守って動かないけど、これからどこかに向かおうとする勢いがある」

「型通りに活けたのに？」

聞くと、大きくうなずいた。

「俺、ちょっとどきどきした」

どきどきした、と朝倉くんがいう、その声だけでどきどきした。朝倉くんがまた川のほうを見る。太陽が水面に反射してまぶしい。

なんとなく別れがたくて自転車を押したまま桜並木の下を歩く。土手は紫陽花《あじさい》の盛りだ。水色や淡い紫のぽんぽんみたいに大きな花が、午前中の雨を残していきいきと咲き誇っている。

そろそろ引き返さなくては、家に着いてしまう。朝倉くんの家からは遠ざかるばかりだ。でも、ここから、どこへ行こう。どこへも行く宛てはない。じゃあ、ここで、といわれるのが惜しくて、立ち止まることもできない。朝倉くんも何もいわない。ただずっと歩いている。

紗英、と呼ばれて振り向くと、通りの向こうに姉がいた。買い物帰りらしく、紙袋を提げてこちらに手を振っている。隣の朝倉くんがにわかに緊張するのが伝わってくる。そんなことはおかまいなしに、姉が近づく。妹がお世話になりまして、とにこにこしている。

「朝倉くん、姉の七葉」

振り向いてびっくりした。朝倉くんが顔を真っ赤にしている。ああ。こういうことは何度もあった。まったく、なのちゃんはこれだからだめだ。いや、だめなのは朝倉くんだ。

「お花の帰りだから。もうすぐ帰るから」

それだけいって、強引に朝倉くんを回れ右させた。自転車を押してずんずん歩く。何もいわずにずんずん歩く。少し遅れて朝倉くんがついてくる。ずいぶん歩いて商店街の角まで戻ってから、ようやく思いついたことを口にした。

「自慢じゃないけど」

私が口を開いて、朝倉くんはほっとした顔になる。

「なに」

「なのちゃんは何かに夢中になると三日ぐらい平気でお風呂に入らないよ」

朝倉くんが声を落とす。

「それはほんとに自慢じゃないね」

そうして、はは、という。笑ったんじゃない。困って、笑ったふりをしている。

「出かけない日は顔だって洗わないよ」

「そう」

「大食いだし」

「うん」

「それに」

「まだあるの」

「まだまだ、まだまだ」

他に何があったか、姉の弱点を私は必死に思い出そうとしている。まだまだ、私もまだまだだ。いつか私だけの花を活けて、朝倉くんをはっとさせたい。姉のことなんか目にも入らないくらい私の花を見つめてくれたらいい。そっと盗み見たら、朝倉くんはまだ困っているみたいな横顔で籠の中の花を見ていた。

# 晴れた日に生まれたこども

ちょっとそこまでつきあってよ、と彦《ひこ》に誘い出されて川沿いの道を歩いている。夏の匂いのしはじめた夕暮れだった。何か話でもあるんだろうか、それともただ気紛れに散歩に出たくなったんだろうか。ここに住みはじめた頃にくらべたら、見違えるくらいきれいになった川を見ながら並んで歩く。

「昔はチョコレートみたいな色してたよね、この川」

彦も同じようなことを考えていたらしく、今はほぼ透明に近づいた川面を指差した。

越してきた頃の川はチョコレート色をしていて底が見えなかった。川から吹く風にはチョコレートの匂いが混じった。それで彦はチョコレートが食べられなくなったのだ。当時、川上にカカオ工場があったという話を聞いたこともある。そうだとしても、排水にカカオを流していたわけでもないだろう。

川沿いの道には桜が咲く。越してきたのはちょうど春だった。満開の桜に、幼かった彦が歓声を上げ、幸先がいいわ、と母が特にうれしそうでもなくつぶやいたのを覚えている。ここに来て、彦はチョコレートが嫌いになり、私は葉桜の後がゆううつになった。あんなに毛虫が落ちてくるなんて、すぐ近くに住むまで知らなかった。ガードレールで仕切られた狭い舗道を歩きながら、彦は川面を見、私は生い茂った桜の葉を見上げている。

ここに入ろうか、と彦が指した店はどう見てもぱっとしなくて、これはやはり話したいことがあるんだろうと私は確信を持った。もう少し歩いて坂の辺りまで出れば、いくらでもまともな店がある。雑誌に載るような気取った店は落ち着かないと彦ならいいそうだけど。

カウンターの向こうでおばさんが新聞を読んでいた。入っていった私たちを見て、ゆっくりと眼鏡を外す。いらっしゃい、という声には張りがない。澱《よど》んだ店内をくるっと見る。アイスコーヒー始めました。ああ、これはきっと一年中貼ってあるんだ、紙の端が少し黄ばんできている。彦は店内には関心がないようで、さっさと腰を下ろしてしまう。

「今年はどうかねえ」

注文を取りにきたおばさんが彦にいう。

「カープは行けるんかねえ」

野球の話だとわかるまでにしばらくかかる。それより、彦とおばさんが顔見知りらしいことに驚いた。

彦は笑って受け流し、メニューも見ずに注文した。

「オレンジジュースふたつね」

おばさんがカウンターに戻ったのを見計らって、小声でいう。

「ちょっと、なんで勝手に頼んじゃうのよ」

彦は、いいからいいから、と手を振る。

「ひょっとしてここはオレンジジュースの隠れた名店？」

「全然。どれ頼んでも同じだから」

彦はさらに声をひそめた。

「まずくて」

思わず口が尖《とが》る。

「じゃなんでわざわざ来たのよ」

文句をいうと、彦があははと笑った。

「コーって文句いうとき相変わらず鼻より口が高いのな」

おばさんがカウンターをまわって、ジュースをふたつ運んでくる。

「仲いいわねえ、彼女？」

彦は笑い顔のまま首を振る。

「姉ですよ」

「だと思った、似てるもの」

私は無言でオレンジジュースにストローを差す。オレンジジュースのまずい店なんて聞いたことがない。おばさんと彦は広島カープの今季について意見を交わしている。他にお客さんがいなくて暇なんだろう、たぶん朝からずっと。そう思ったとき、カランカランとドアベルが鳴った。おばさんが彦の横からドアを振り向き、いらっしゃい、という。学生らしき男女が六、七人、にぎやかに入ってきて、窓際に陣取る。

彦はジュースに手をつけていない。

「どうしたのよ、話があるんでしょ」

彦は機嫌のいい声で、ないよ、という。そのときまたドアが開いて、子連れの母親が入ってくる。後ろから若いカップルが続く。

「意外と混むだろ、この店」

彦はドアのほうを振り向きもせず、小さく笑いながらいう。

「こんなにうらぶれてるのに、どうしてだろうね。近くに何かあったっけ？」

「前に来たときアイスコーヒー頼んだら、速攻でおなか壊したよ。あ、ここはおごりだから」

「あったりまえでしょ」

「よかったら俺のも飲んでいいよ」

差し出されたグラスを押し戻す。

「悪いから、一口だけでも飲んで出よ」

彦はストローで一息吸って、口をへの字に曲げ、そのまま伝票をつかんで席を立った。

桜の上のほうで気の早い蟬《せみ》が鳴いている。店を出ても、彦は何も話さなかった。

川沿いの道を元来たほうへ戻りながら、手をぶらぶらさせて歩いていく。風が止まって、さっきより蒸している。ジーンズのポケットを探ると、ハンカチがない。滲《にじ》んでくる汗をティッシュで拭《ぬぐ》う。ばかばかしくて腹が立ってきた。なんのために連れ出されたのか、これじゃ全然わからない。でも、わざわざこちらから聞いてやるほど親切ではない。このまま家に戻るなら、しばらく彦のことは放っておこう。

川側を歩いていた彦が、くっと笑った。それを隠すように俯《うつむ》き、空咳《からせき》をする。気づかないふりをした。笑えるようないいことがあるなら、早くいえばいいのに。それをいうために連れ出したんだろうに。私はますます不愉快になる。

俺さ、と彦がいう。言葉の端が笑っている。

「俺、働こうかと思うんだわ」

私の反応をたしかめるでもなく、機嫌のよさも隠さない。それが気に入らない。返事をしないでいると、彦は勝手に話しはじめた。

「そろそろなんかしなきゃとはずっと思ってたんだ。春にコンビニ辞めて以来だし、家でごろごろしてるとなーんか胃が痛くなってくるんだし、でもほら、行くバイト行くバイト妙に忙しかったしさ、バイトってすごいきついもんだなあとか思って」

「それで」

話を遮って、聞いた。

「まさか、さっきの店で働こうっていうんじゃないでしょうね」

彦が上を向いておかしそうに笑った。

「あんな店で働くわけないでしょ」

「でも何度か行ってるみたいだったじゃん」

そうだった、それも面白くないのだった。なんで彦があんな、やる気のないおばさんがまずい飲みものを出す店に通っていたのか。わざわざそこへ私を連れて行ったのか。

「調査」

彦が胸を張った。

「あの店が調査対象として申し分なかったから」

私はむっとしていう。

「もったいつけないでよ、なに、調査って」

「だからさ、俺の能力をたしかめたかったわけ」

「簡単に能力とかいわないでよ、可能性とかいわないでよ」

「いってないよ、可能性なんて」

「将来だとか夢だとか自己実現だとか」

「ああ、俺も自己実現ってのはわかんないな、そもそも意味がさ」

舗道の敷石がオレンジから紫に変わる。区の花が描かれた標識が道の端に立っている。それにしても蒸し暑い。

「位置エネルギーっていうのと同じくらいだな」

「何が」

「言葉のわからなさが。これ反則だろって思ったもんな、初めて習ったとき」

「位置エネルギーは、まあね、ルール違反だよね、言葉として」

「場所のエネルギーっていうんなら、わかるような気もすんだけど」

彦は舗道の柵に手をかけた。川向こうに工場が見える。この川沿いには、雑誌によく特集される区域だってあるのに、坂を跨《また》いで歩けば歩くほどさびれていく。さびれて、さびれ疲れて盛り返した辺りにまた新しいスポットもできはじめているのだが、この辺はさびれきった辺りだった。私たちの家はここからすぐの角だ。

「で」

彦は足を止め、柵にもたれている。

「うすうす気づいてた能力を、確認したところ。これからそれを有効に使おうと思う」

「それが働くってこと？」

彦がうなずく。それから、

「働くっていうとちょっと違うんだけど」

またもったいつけてる、と思う。意地の悪い質問を思いつく。

「彦の能力っていったい何。二十年以上も眠ってた能力って」

ところが彦は動じない。

「能力は、能力よ」

そういうと、また、く、と笑った。

日が長い。家を出るとき、ちょうど笑点が終わるところだったんだから、もう六時半にはなっているだろう。それが、昼間のように明るい。空には精彩がなく、ただしらじらと眩《まぶ》しい。不自然に明るい天蓋《てんがい》が垂れ、町全体に覆い被さっているみたいだった。

「手伝ってほしいことがあるんだ」

殊勝《しゅしょう》そうな面持ちを取ってつけた彦がいう。

「どんなこと」

そのとき、川沿いを向こうから歩いてくる人があった。年配の女性のように見えたけれど、母だった。仕事帰りだろう。片方の手にスーパーの袋を提げている。こうして離れたところから見ると特に、実際の年齢よりもずっと老けて見える。私たちに気がついて、ふっと背筋を伸ばし、にこにこと手を振った。そのまま早足になってこちらに向かってくる。

「どうしたの、ふたり揃って」

娘と息子が並んでなにやら親しげに話している。母という人は、そこに出くわしただけで、砂浜に打ち寄せられた桜色の貝だとか、雪の下の蕗《ふき》の薹《とう》だとか、そういう何かとてもいいものを見つけたみたいに顔をほころばせるのだった。

「今日は夕飯、ハンバーグ焼くから、俺が」

彦が母の手の荷物を受け取りながら、朗らかにいう。

「伊達《だて》にスワンでバイトしてたわけじゃないよ」

彦はときどき母を喜ばせるのがとても上手だ。その、ときどき、のタイミングが母を振り回すことにもなるのだけど。

彦との話はその日、それきりになった。聞いてほしくなったらまた寄ってくるだろう。

「またね」

そういうと、彦が振り向いた。もう何の話をしていたのだったかすっかり忘れてしまったみたいな顔をしていた。

彦が生まれたのは、輝くばかりに晴れた秋の朝だった。前日までの台風は跡形もなく、澄み切った空が新しく光っていた。少なくともこの二年間で一番美しい朝だと母は思ったそうだ。二年前、同じようによく晴れた朝に生まれた娘が晴子《はるこ》、そしてまた空の祝福を受けてこの世に現れた息子に、どうしても晴の字を贈りたくなったのだと母はてれたように言い訳をした。晴子と晴彦《はるひこ》。双子かと間違われるような、能のない名づけだと笑われそうな、私たちの名前だ。母は子と彦で呼び分けた。

私たちも、コー、彦、と呼び合っている。

その、彦だ。快晴だったのは誕生の朝だけで、控えめにいって、彦のこれまでの人生はぐずぐずの曇天だった。十七で高校を辞めるまでの通算十一年にわたる学校生活で、彦は何度も雨に祟《たた》られた。傘は持っていなかった。

勉強も運動も、できないわけではなかったのに、それ以前のどこかに何かが足りなかった。びしっと一本筋が通って、の筋が足りなかったんじゃないかと私はこっそり思っている。頸椎《けいつい》が七つ、胸椎が十二、さらに腰椎と仙椎とでいわゆる背骨と呼ばれるそうだけれど、たぶんそのあたりに通っているはずの背筋が、彦には欠けていたのだ。

高校を辞め、勤めた会社もすぐ辞めて、アルバイトをいくつか変わった後、高卒認定試験を受けるといったり、やっぱり働くと宣言したり、ふらふらふらふらした。芯がブレなければだいじょうぶ、などと人は無責任に励ましたが、いったい芯なんてどこにあったんだろう。芯も筋も似たようなものだ。当たりの悪いろうそくみたいに、芯も埋もれてどこにあるのかわからなかった。彦自身もそれを気にしているのか、痩せたり太ったり、口をきかなくなったと思うと突然饒舌《じょうぜつ》になったり、眠る時間がどんどんずれて、本ばかり読んで、かと思えば妙に快活になったり、短い周期で忙しく変貌した。

それでも本人の焦燥はともかく、私も母もこんな彦は仮の姿だとどういうわけか信じていたというか、つまり今はちょっと本調子じゃないんだけどもそのうち戻るというか、治るというか、そんなふうに思っていた。思っていたかった、というほうが正しいかもしれない。ほんとうのところ、どんな彦なら仮じゃなくて真なのか、私は知らない。曲がりなりにも進学校に通っていた頃の彦を思い出すことはできたけど、それが真の姿だったというのも嘘っぽい。もともと、たまに水面に浮かび上がってきても、またすぐにひらひら沈んでいってしまうゲンゴロウのような弟だったのだ。

彦は新しい将来を思いつくと、そのたびに私を呼んで話した。大概、根拠のない自信を元にした幼稚な計画だった。打ち明け話でもするみたいに顔を赤らめ口ごもる彦の子供っぽさに接するたび、呆れると同時にほのぼのと気持ちが明るむ。よしよし、と頭を撫でてやりたい気さえする。何度失敗しても懲《こ》りない。それは特殊な才能ではないだろうか。

彦がふらふらひらひらしている間に私は大学を出て薬の卸問屋に就職していた。事務職で、古くさい制服があって、お茶当番もある。華のある職場とはいいがたい。それでも、会社の堅実さに惹《ひ》かれた。福利厚生が充実し、女性の平均勤続年数の長さは際立っていた。何度自分に確かめたことか。私だけじゃないよね、誰だって安定した会社に勤めたいよね。離婚以来働き通しだった母を安心させたいとか家計を末永く支えたいとか、そんなことを意識していたつもりはない。なのにマスコミや外資の最前線でひーひーいいながら働いている元の同級生たちが眩しく見えて、困った。

毎月奨学金を返してもなんとかやっていけるぐらいには給料をもらい、特に仕事が厳しいわけでもない。じゅうぶんだとは思う。でも、小さな頃からこつこつと勤勉に、慎重に失敗を避けて歩いてきた道が色褪《あ》せて見えて、家族のひとりくらいはどんどん羽目を外してくれてけっこう、という気持ちにもなる。どうせならもっと思い切ってぽーんと飛んでいってもいいのに、いつも同じような場所でじたばたしている彦が歯がゆいくらいだった。

彦はツボを外さなかった。人づきあいが苦手なくせに、人と接する仕事ばかり見つけてきては私たちを面白がらせたり呆れさせたりした。

「それはあれだよ、晴彦くんは人との出会いを求めてるんだ」

真面目な顔で凡庸な指摘をしたのは祐介《ゆうすけ》だった。私は相槌を返せなかった。祐介とは大学三年の春からだからもう三年もつきあっているのに、ときどき退屈すぎて会話にまったく乗れなくなってしまう。去年、彦がコンビニのバイトを決めたとき、いらないといっているのに就職祝いをしようと家にやってきた。ワインとケーキを買ってきてくれて、私が適当につくったごはんを食べ、祐介は機嫌がよかった。若いうちはいろいろやってみるといいよ、などと、自分だって彦と三つしか違わないのに年上ぶってみせた。そろそろお開きに、という頃合いを見て、祐介は締めた。

「何事も、続けてみないとわからない。千里の道も一歩より、って昔の人はいったんだ。晴彦くんも、がんばって、今度は続けなよ」

空いたお皿を片づけるために立ち上がり、私は何も聞かなかったふりをした。悪い人じゃない。むしろいい人だと思う。ただ、夢を持ってコンビニでバイトするわけじゃない、千里も歩き切ろうと思ってるわけじゃないんだ、ということがわからないだけだ。そのとき彦はどうしたんだったか。きっと無言でうなずいてみせたりしたんだろう。祐介が帰ってから、小さくため息を吐《つ》いた。

「祐介さんて、コーのどこがいいんだろ」

「さあ」

「ひとり親で、弟はプーで、こんなぼろい家に住んでて、なんかそういうの、関係あんじゃないの？」

ちょっと考えてから答える。

「関係なくはないでしょ、どんなことだって」

「なんかこう、優越感みたいなものをくすぐられるんじゃない」

「これくらいのレベルで優越感持てるんならラッキーだよね」

そうなのだ。うちは、この辺りでは特別に貧乏なわけでも不幸なわけでも全然ない。家族全員健康だというだけでどれだけ恵まれていることか。

「でも、そうでもなければ、なんであの人とコーがつきあってるのか理解しがたいね」

彦はほんとうは、コーのどこがいいのか、ではなく、祐介さんのどこがいいのか、疑問に思っているのだと思う。

自分でもどうしてつきあっているのかよくわからない。たしか、最初は好きだった。見た目がとてもよかったし、やさしかったから。知り合う前から、大学で何度か見かけたことがあった。すれ違うだけで印象に残るくらい爽やかな人だった。だから声をかけられたとき、私はそれだけで有頂天になってしまったのだ。よく知りもしないのにつきあうことにしたのは、若気と有頂天の至りだったと思う。私の堅実な人生に初めて降ってわいた高望みに飛びついてみたかったのだ。

木曜の夜、仕事から帰るのを待ちかまえていたように彦が階段を下りてきた。手を洗おうと洗面所に行けば、何か喋りたそうな顔をしてついてくる。

「お米、研《と》いどいてくれた？」

「まだ」

「じゃ、お願い」

和室で着替えていると、もう現れて入り口のところに立っている。

「聞きたい？」

「何を」

「俺の話」

私は黙って今日穿《は》いていたスカートをハンガーに掛ける。彦は勝手に部屋に入ってきて箪笥《たんす》を背にすわり、足を投げ出した。そうしてやっぱり私の態度には頓着せずに話を始めた。

――ちょっとびっくりするような話。彦の能力の話。それは予想のつく範囲を三メートルぐらいはみ出した話でもあった。

「みんな笑うんだよなあ」

独り言みたいな口調だった。落胆することを肩を落とすというけれど、彦の場合はそう落ちているようには見えない。細い割には肩幅が広くて、そのせいで顔が小さく見えた。

「全然、信用されない」

私は細長い息を吐く。あきらめるしかなさそうだ。

「彦、それは、信用されないの、しかたないんじゃないかな」

「どうして？　コーも見たでしょう」

彦はきっと顔を上げ、強い口調でいい返してくる。こうなったらあきらめるしかないのだ。

「だからって、人はなかなか信じないよ、そんな話」

「だから、協力してほしいっていってるんだ」

私は答えなかった。彦の語る、能力、は自意識過剰で、空想めいて、まっとうさに欠けていた。能力、と呼んだときに感じられる、ぱりっとした勢いもなかった。

「こないだの喫茶店」

彦は追いすがるようにいう。

「あんな店にだって、客が来るんだ。俺たちが行く前にはひとりもいなかったの、覚えてるよね？」

自分にはお客を呼ぶ能力がある、というのだ。営業力があるとかノウハウがあるとかいうのではなく、彦がいるだけでお客が集まってくるのだそうだ。だからいつも、どんなバイトでも忙しかったんだ、と彦はいった。

みんなが笑うというのがよくわかる。ばかげた話だ。私だって笑い飛ばしてしまいたい。だけど彦と一緒だった長い時間を遡《さかのぼ》ってみれば、思い当たる節がまるっきりないわけでもない。何年前のお正月だったか、彦と母と三人で行った初詣《はつもうで》は帰り道に難儀した。近所の鄙《ひな》びた神社だったのに、私たちの後から急に参拝客が増えたのだ。とはいえ、それが彦のせいだなんて、もちろん思わなかった。今だって、思っているわけじゃない。ただ、思い出しただけだ。たまに一緒にごはんを食べに行くと、空《す》いていたはずの店がいつの間にか混んでいて相席を頼まれる。彦と電車に乗れば、同じ車両に人がどんどん乗り込んでくるのだった。

「偶然じゃない、と思う？　確信がある？」

彦がゆっくりとうなずく。

「こないだコンビニの店長にばったり会ったら、いわれたんだ、友達連れてきてたのかって」

彦がバイトで入る時間帯だけ、売り上げが伸びたのだという。たとえどんなに接客がうまくて、たまたま来たお客に何品か余計に買わせることができたとしても、それだけでは到底追いつかないほど売り上げが増えていたそうだ。

「俺にそんな友達いるわけないじゃん」

彦は笑う。

「それではっきりしたんだ、俺がいると人が来るって」

そんなにうれしそうにいわないでほしい。目の前で片膝を抱えているひょろりと長い身体を見ながら思う。引っ込み思案で、なかなか人の輪に入っていけなかった子。小学校の頃、校庭で、廊下で、見かけるといつもひとりぼっちだった。にぎやかな大勢から外れておどおどしている小さな弟は、うんと心細そうで、思わず駆け寄って手をつないでやりたくなった。今でも胸が痛む。この子に人を集める能力があるなんて、やっぱり信じられなかった。もしもほんとうにそうだとしたら、壮大な皮肉ではないか。

「困ったね」

思わず私はいった。そうして、もう、あきらめるしかないのだと三たび思う。どんなに気が進まなくても、彦に頼られると放っておけないことは自分でもわかっていた。

「ほんと、信用されなくてさ」

困ったよ、と彦もいう。実際の彦は、年をとって、背が伸びて、ちゃんと図太くなって、私がかばってやらなくたってひとりで人混みの中に入っていける。それどころか、自分の怪しげな能力を、売ろうとしているところなのだ。

コンビニより前に、スワンという小さなビストロでバイトしたときは、他のバイトたちが彦と組むのを嫌がったという。彦と一緒だと仕事が増えるのだ。はじめは彦の仕事が遅いせいで他の者にしわ寄せが来るのかと思われたのだけど、まもなく、お客が多くて純粋に忙しいせいだとわかった。店主からは別として、バイト仲間からは疫病神《やくびょうがみ》と呼ばれた。

「そういえばそうだったんだよ。俺、ついてねえな、って昔からよく思ってたんだけど」

疫病神より福の神だ。そう呼んでもらいたい。誰よりも、姉である私がそう願った。

「で、何を手伝えばいいの」

「どうすれば能力を買ってもらえるか、一緒に考えてほしい」

それは、むずかしいことじゃないだろう。とりあえず、彦を一時間でも店に置いて、それでお客が増えるかどうか試してもらえばいい。

「俺もそういったんだけど、サクラを入れるつもりじゃないかとかさ、ばかなこというんだよな」

「サクラ使ったとしたって、サクラの分、そのお店は儲かるわけでしょう、損するような話じゃないと思うけど」

「つまり、胡散臭《うさんくさ》いってことだろうね、なんとか理由つけて俺を追い返したいんだ」

「試してもらうところまでたどりつけないわけね」

いきなり現れた、素性の知れぬ若者の法螺《ほら》話まがいに耳を傾ける人間がいると思うほうが間違っている。

「何の店に行ったの？」

「レストランと、喫茶店と、映画館」

「飛び込みで？」

「だって電話だと、上に取り次いでもらうことさえできないんだから」

それなら、と私は考える。実績のあるところに行けばいいのだ。彦を見て、当時の忙しさを思い出させれば、説明するより早く納得してもらえる。

「バイトしたことのある店に行くんだよ」

私がいうと、彦は顎を上げた。

「いやだよ、みんな短期で辞めちゃってるもん、今さら顔出してもさ」

「顔を出せないような理由があるんなら別だけど、どこも忙しすぎて辞めたんでしょ？　だったら、いい証明になるじゃない」

そういいながら、私はいったい何をやってるんだろうと思ってもいる。彦の突拍子もない思いつきに加担するつもりなのか、ここで手を引くほうが彦のためなんじゃないのか。そう考えていたのは、でも三秒くらいの間で、やっぱり私には自分の手で彦を落胆させる選択をすることができない。

彦は浮かない顔でしばらく考えているみたいだったけれど、私の案が一番の近道だと理解したらしかった。

「じゃあ、まずお客として行ったほうがいいかな。辞めたやつがいきなり訪ねていったら警戒されるだろ。俺が行って、実際に店が混んできたところで切り出したほうが効果的だね」

それから、少し間を置いて、いいにくそうに続けた。

「ただ、さ、ついてきてほしいんだ」

「私に？」

彦がうなずく。伸ばした足の先を見ている。

「ひとりより、ふたりのほうが楽しそうに見えるだろ」

「楽しそうに見えたほうが、お客が入るの？」

彦は笑って首を振った。

「楽しそうに見せたいってだけのこと。疫病神が笑ってなかったら、洒落《しゃれ》になんないもんなあ」

そうして、黙っている私のほうを見ずに立ち上がった。

「行こか」

「どこに？」

玄関へ向かいかけていた彦が振り返る。

「スワンだよ」

「これから？」

私はあわてて立って、バッグを取る。ちょっと待ってよ、ご飯炊いちゃったでしょ、といったときにはもう彦はスニーカーを突っかけて、玄関のドアを開けている。

雨季があり、乾季がある。コンビニを辞めて以来、部屋に閉じこもりがちで、じくじくと湿っぽかった彦が雨季の中にいたとするなら、今はきっとそれが明け、乾季に入ったところなんだろう。晴れた日に生まれた彦にしてみれば、恵みの季節なのだと思う。よく喋り、そしてよく動いた。

「お母さん、彦が新しくバイト始めるみたいよ、聞いてた？」

夕飯の支度に立っている母に声をかける。ご飯の炊ける匂いがしている。母はキャベツを刻む手を止め、あら、と振り向いた。

「知らなかった、なに、今度は何の店？」

何の店、と聞かれて気がつく。そういえば、彦が勤めるのはいつも店だ。

「スワン。まだ本決まりじゃないみたいだけどね。たれ、合わせようか、味醂《みりん》と醤油とオイスターソース、だよね？」

「あ、お願いね」

母はうきうきと、包丁を使いながらいった。

「またスワンに戻るのね」

「心配じゃないの？」

私は聞いてみる。そう単純に喜んでいられるほうがおかしい。いろんな職種があるのに、いつも接客だ。愛想がなく、口下手で、人づきあいも苦手。それなのに接客業を選んで、続かない。

「心配はしてないよ、今のうちは」

母は流しに向いたままでそういった。

「今のうちって？　何歳までとか決めてんの？」

「彦がコーと仲いいうち」

「べっつに」

私はたれをかき混ぜるのをやめて、流しの横の狭い調理台の上に置いた。

「仲いいわけでもないんだけど」

「あらそうなの」

母が包丁とまな板を洗う。何かいっているようだけど、水音でよく聞こえない。

「なに？　なんていった？」

水を止め、母が振り返る。

「コーが彦の話を聞いてくれるうちは安心だと思ってた、っていったの」

ずるいと思う。いつもこうやってさりげなくバランスを補強されているような気分になる。母と私と彦、うちにはうちの力加減がある。それを意識してしまうのは、もしかしたら私ひとりなのかもしれない。母も彦もバランスとは無縁に生活しているように見えた。

たぶん私はやじろべえの一端にいて、反対側に彦がいる。軸になっているのは母だ。私たちがどんなに揺れようと、母自身は揺れない。揺れない人なのだと私はずいぶん前から知っていたような気がする。ずっと昔、母の涙が決して流れなかったのを見た頃から。

父と母は始終諍いをしていた。母の眼窩《がんか》に涙がいっぱい溜《た》まっているところを私は何度も見ている。でもそれは、表面張力ぎりぎりのところまで張りつめた後、頬に落ちることなく引いてしまう。見るともう凜《りん》とした横顔を立て直しているのだ。お母さんの涙は流れない、と小さな娘は驚き、畏《おそ》れた。それが私たちのせいだったと気づいたのはだいぶ後になってからだ。母ひとりで子供ふたりを守っていくのに、涙をあふれさせるわけにはいかなかったのだろう。流れなかった涙を思い出すたびに、たったひとりで闘ってきた母の底力をびりびりと感じる。そして、これからは母だけに闘わせるわけにはいかない、と思う。彦は、あの涙を見ていない。それが彦と私の決定的な違いなのだ。

それでも、もし母が彦にもっとわかりやすい熱心さで接していたら、とは思う。私がこんなにはらはらしなくて済んだんじゃないか。怒ったり、泣いたり、おろおろしたり、そういう顔を母が見せていたなら。

高校生だった彦が万引きで補導されたときにも、母はたしかに怒ったけれど、あと一歩が足りなかった。少なくとも私はそう感じた。もっと執拗に、理由を問い質《ただ》したり、嘆いたり、してもよかったんじゃないかと思う。そうすることでかえって補導されたばかりの彦が傷つくことになったとしても、それでもやっぱり母親というのは取り乱すものなんじゃないだろうか。

ばっかじゃないの、と私はそのとき思った。彦に対してだ。だからそういった。

「あんた、ばかじゃないの」

なんで高校生にもなってわざわざ万引きなんかするのか。彦にはほとんど友達がいなかったし、さらに悪いことにうちは貧乏だった。どんなにむしゃくしゃしてたって、さびしくたって、魔が差したとしたって、これで万引きなんかしたら、周囲から哀れがられるに決まっていた。

「いい？　万引きなんて、あんただけは絶対にやっちゃいけないことなの」

「万引きするにも資格がいるの？」

彦は睨《にら》みつけるような目をしていった。でも全然怖くなかった。

「いるんだよ、そんなこともわかんないの？」

「わかんねえよ、なんだよコー、えっらそうに！」

彦は逆上して私につかみかかろうとし、かろうじて踏みとどまった。それでも気持ちが収まらないらしく、蛍光灯の真下で向かい合ったまま、至近距離から私に唾を吐いた。それから二階の西日の当たる四畳半に駆け上がっていって泣いた。泣いたのだと思う。現場を見てはいないけど、翌日降りてきたとき、ものすごく目が腫《は》れていたから。

母がそのとき何をしていたのか記憶にない。まだ夕方だったから、仕事から帰ってなかったのかもしれない。でも、母が激情に駆られて彦を罵《ののし》ったりしてくれれば、私になだめたり慰めたりする役が回ってきたはずだった。きれいな役どころのほうがよかった。私だってまだ高校生だったのだ。

元はといえば、あの後ろ姿だ。あれさえ見なければ、あんなところを通りかからなければ。何度も悔やんだが、見てしまったものは消すことができない。消えないどころか、音や匂いまで鮮明に伴う一枚の絵として切り取られ、目に焼きついてしまっている。

私は小学校の三年生だった。休み時間に偶然、彦を見た。肌寒い秋の日で、外は雨だった。体育館へ続く渡り廊下の窓が細く開いており、そこから雨が吹き込んできていた。私は雨の飛沫《しぶき》のこちら側で立ち止まった。廊下にできた水たまりのすぐ向こうに、小さな彦がひとりで立っていた。体育館では彦の同級生たちが遊んでいるようだった。仲間に入っていけないのだとすぐにわかった。激しい雨音と体育館からの歓声との間に、ひっそりと暗い、音のない場所があり、彦はそこから、楽しそうな同級生たちをたったひとりで眺めていた。私は彦に気づかれないよう慎重に後ずさり、あとは自分の教室まで一度も振り返らずに走った。

その夜、私は仮病を使い、早くから蒲団《ふとん》を被ってしまった。帰宅した母と話をしたくなかった。口を開けば、どんなことよりも先に、渡り廊下で見た弟の様子を話してしまいそうだったのだ。それが自尊心を傷つけることはわかっていた。彦のだけでなく、私自身のものも。口を噤《つぐ》むことで彦を守ろうとしたのかもしれない。でもそれ以上に、自分を守ることで頭がいっぱいだった。彦が休み時間もひとりでいるなんて、さびしそうに同級生たちを見ていたなんて、胸が張り裂けそうだった。絶対に母にはいえない。彦の孤独や失敗、恥、うまくいかないこと、それらはすべてそのまま私の屈辱だった。

一週間の試用期間を経て、彦がスワンに呼び出されたのは梅雨の明けた夕方だった。ちょうど土曜日で、私はスーパーで買い込んできた品物を袋から出し、解けはじめていた冷凍食品を大急ぎで冷凍庫へ移しているところだった。帰ってきた彦の顔色で、スワンでの首尾がほとんど見て取れる。

「聞きたい?」

私はお豆腐を手に持ったままとっさに首を振ったが、彦はかまわず話しはじめた。

店長は彦を前に、渋面《しぶつら》をつくって腕を組んだそうだ。思ったほど客が増えたわけでもなかった、という。帳簿を見せてはもらえないか、と彦は頼んだ。客をたしかに呼んだ実感があった。日ごとの実数、先週との比較を確かめたかった。

「そんなものはないよ」

店長はあっさりといった。

「あっても企業秘密だよ」

彦はなおも食い下がったらしい。でも取り合ってもらえなかった。

そこまで話すと彦は顔を上げた。

「でも、まるっきりだめってわけでもなかったらしいよ」

そういうと、少し声が明るくなった。

「いつでも来てくれって。好きなだけいて、タダでなんでも好きなもの食べていいんだって。交通費も出すって」

「そういう契約？」

「契約なんかないよ。小難しい書面はいらないよな、って店長、俺を信用してるんだよ」

違うよ、なめられてるんだよ、といいたいのをこらえた。彦は自分でもおかしいと思っているのだろう。私がはっきりと指摘すれば、わずかなプライドまで砕いてしまうことになる。

「彦と一緒に私もスワンに食べに行ったら、食事代はどうなるのかな」

「それはもちろん――」

といってから彦の目が泳いだ。

「それはやっぱり――」

といい直す。

「――いつ行ってもタダなのは、俺だけだろうな」

「じゃあいいよ、私の分は自分で払う、それでお客の入りがどうか、自分たちで確かめてみようよ。明日は彦なしで、私ひとりで出直すから」

「いいよ、いいよ、コーはそんなことまでしなくて。俺はもう子供じゃないんだからね」

私に遠慮するように見せて、事をはっきりさせるのを避けたいのが本心だろう。ここで踏ん張ってきっちり交渉しなければ、いつまでも足下を見られることになるのに。そう思ったけれど、彦は、張り子の虎みたいに首を何度も細かく縦に振り、うん、うん、オッケ、オッケー、と繰り返した。

「彦がそれでいいんなら、私ももう何もいわない」

私は冷蔵庫のドアを閉めながらいった。

「だけど彦、このままだと、あんた一生このまんまだよ」

彦は一瞬、ぽかんと私を見、それからゆっくりと頬を歪めた。私の言葉の一角が彦のどこかを直撃したらしかった。

冷蔵庫の前から立ち上がり、コップに水を汲んで飲む。それから、自分が投げた言葉を反芻し、彦にヒットした理由を検証する。一生このまんま。一生このまんま。それを彦がそんなに恐れていたなんて、考えてもみなかった。謝るわけにはいかない。ここで謝ってしまったら、彦の今このまんまがそれほどひどいと認めたことになる。彦のこのまんまには、ぱっとしない姉の私のこのまんまも含まれているに違いない。私は何事もなかったような顔をして、夕飯の支度を始めることにする。

何事もなかったような顔をすればほんとうに何事もなかったことになってしまうらしい。彦は何事もなかったようにしょっちゅう出かけるようになった。スワンには週に数度、それにスワンの店長から紹介されたというスポーツクラブへも通っているという。

「けっこう高級なジムなんだけどさ、顔パスなんだよ、俺」

遅く帰ってきて得意そうにいう。顔パスでいいの？　と私は思う。そんなものを望んでいたの？　高級スポーツクラブに通うことが彦の目的だったわけではあるまい。スポーツクラブのほうでは、彦の人集めが欲しくて通わせているんだろうに、顔パスだといってよろこんでいる暢気《のんき》さには笑ってしまう。

「今度、雑貨屋へもどうか、って話も来てるんだ」

「それもスワンの紹介？」

彦がうなずく。

「雑貨屋は、一時間店内にいれば横のカフェで飲みもの出してくれるって。そんで俺、交渉したんだ」

自慢げに鼻を鳴らす。

「それがうまくいったんだな、食事もつけてくれることになった」

カフェのパスタだかオムレツだか知らないが、そんな程度のものを戦利品みたいに嬉々として語る彦が、なさけない。なさけなさすぎて、お腹がぐるぐるしはじめる。ぐるぐるしながら身体を上ってきて、気がついたら吐き出したくなっていた。

彦、と私は呼びかけた。険《けん》のある声になった。

「あんた、ほんとにそれでいいの？」

「それで、って？」

彦は私の表情の険しさに気づき、うろたえたような目になったが、相変わらず口許には笑みが残っていた。その緊張感のない口許を見ていたら、人差し指と親指でぎゅうとつねってやりたい衝動に駆られた。

日曜の朝、いつまでも蒲団でごろごろしていた。母はとうに仕事に出ていた。カーテン越しの陽射しはすでに容赦がない。古い窓付け型のクーラーで凌《しの》ぐにはそろそろ限界だった。さっきから、部屋の外でばたばたと慌ただしい気配がしているのは、彦だ。彦がわざと物音を立てているのだ。（早く起きてよ、コー。）あきらめてのろのろと起き出す。案の定、彦がうろうろしている。足音高く二階へ行ったかと思うと、すぐ降りてきて、暑い暑い、という。よく見ると、今朝の彦はいつもの首まわりの伸びたTシャツではなく、さっぱりときれいな水色のシャツを着ていた。

出かけるんだな、と思う。日曜に出かける用事があることがきっと誇らしいのだ。洗面所に割り込んできて、私がコンタクトを入れるために覗いていた鏡の真ん中を占拠する。そうして頬をさすったり、髪をなでつけたりし、これから出かけるのだ忙しいのだよ俺も、と誇示してみせた。

「どこか行くの？」

聞いてほしかったことをようやく聞いてもらえて、彦はにこやかにうなずいた。

「メリメロ」

「何それ」

「雑貨屋だよ、店長から紹介された」

「ああ、あの」

遠い、と聞いていた。交通費は出すというその額は、例の交渉によって勝ち得た昼食代よりも高いに違いない。それでも、日曜に仕事、しかもどうやら若い女性向けの店ということで充実度がいや増すらしい。

「今日行くって約束したわけでもないんでしょ？　すっごく暑くなりそうだよ」

水を差されても意に介さず、彦は得々と説明を始める。スポーツクラブは日曜にはそこそこ人が入るし、スワンにお客が欲しいのは夜、となると日曜の昼はメリメロなのだと。

「雑貨屋だって、日曜の昼間なら彦が行かなくてもお客さん来るんじゃないの？」

「それがそうでもないみたいなこといってたよ」

彦は話しながらも時計を見上げ、おっと、という。もう行かなきゃ。それから、行ってやらなきゃ、といい直した。玄関の上がり框《がまち》にすわり、スニーカーの紐《ひも》を結んでいる。俺が行かなきゃだめなんだ、とその背中が語っている。

「張り切りすぎないようにね」

居間から顔だけを出し、私は声をかけた。うん、と立ち上がった彦に、迷っていた一言を、つい、つけ加えてしまう。

「……一緒に行こうか？」

玄関のドアを開けようとしていた彦が笑顔で振り返った。

「だいじょうぶだよ、ってか、来ないでよ、俺、子供じゃないんだから。だいいち、今日、祐介さんと会うっていってなかった？」

そういうと、小さく手を振って、出て行った。

老婆心というのは、おばあさんが孫に対して抱くような心情だろうか。そうだとしたら、まずい。老婆と化した私の心もだけれど、孫の役回りの彦の身だって滑稽《こっけい》だ。なるべく彦のことは考えないようにしよう、と思う。考えれば心配になる。いきおい世話も焼いてしまう。彦のいう通り、だいじょうぶなのだ、子供じゃないんだから。そう思おうとしたけれど、あの張り切りようが気にかかる。店側からはさして期待されているとも思えないのに、この炎天下を片道二時間かけて出かけていく甲斐《かい》などあるものかと思う。

祐介は不機嫌だった。口にこそ出さないが、目に出ている。テーブルの上の、水の入ったコップのあたりを見ているばかりで、一度もその切れ長の目を上げなかった。

メリメロに行ってみたいと私がいったのだ。

「何？　メリメロ？　どこそれ」

「雑貨屋。カフェもついてるらしい」

場所をいうと、あからさまに眉をひそめた。

「なんでわざわざそんなところまで」

そういってから、晴彦くん？　と聞いた。うん、と私はいう。

「じゃあそういえばいいじゃない、正直に」

正直に、といわれれば私も面白くない。悪いことでもしたかのように聞こえる。彦のバイト先ならそうもいえたろう。でも正確には彦はそこで働いているわけではない。状況を祐介に説明するのは無理がある。だから、話さなかっただけだ。正直というなら、話さないほうが正直だ。

「これから、どこか行きたいところ、あった？」

私がいうと、祐介はまた目を落とす。

「べつに。特にはないけど、久しぶりだし、たまにはゆっくり、と思ってたよ」

「何？　ゆっくり？　どこそれ」

とは私はいわなかった。冗談をいう余力がない。冗談どころか喧嘩を売る口調になってしまうおそれもある。祐介に対しては喧嘩を売る気ももう起きなかった。

ゆっくりしよう、ゆっくりしたい、と祐介はよくいう。何のことはない、祐介の部屋に行くだけのことなのだが、無論そこでゆっくりできるわけではない。ゆっくりしたいならひとりでしてくれ、と思いながら、ああ、もうだめだな、とあらためて思う。

「ごめん、いいよ、メリメロのことは忘れて」

「忘れて、っていわれたって忘れられるわけないだろ、今、行きたいっていわれたばっかりなんだから」

「じゃ、行く？」

祐介は答えない。すっかり水っぽくなったアイスラテのグラスをストローでカラカラかき混ぜている。この人は、断るのが得意ではない。断るのは失礼なことだと思っている。そうして、その失礼なことを自分にさせようとした相手を、もっと失礼だと恨むのだ。祐介は今、私を失礼なやつだと怒っているはずだ。

「行かない？」

「うん」

ほら、うなずいた。首を縦に振ることで断れるのなら、呵責《かしゃく》が少なくてすむらしい。それも祐介独特の論理だった。

「じゃあ、ゆっくりする？」

お義理で私は聞く。彼の論理からすれば、自分がメリメロに行かないことにした以上、ゆっくりのほうも一度は遠慮すべきだと考えているはずだ。

「え、いいよ、ほかに行きたいとことか、ないの？」

あるよ、メリメロだよ。ほかに、っていったじゃないか、メリメロのほかに、だよ。そういう不毛な会話を避けるべく、私は考えをめぐらせる。めぐらせるつもりが、気づけば元の場所から一歩も動いていない。できることなら彦が店に入る前と後とでお客の数に違いがあるか、確かめたかった。現場を押さえて数を示せば、雑貨屋も納得せざるを得ないだろう。あるいは、お客が増えないという現実を、彦に突きつける機会になったかもしれない。

「ない？」

祐介が再び聞く。目の前でかろうじて続いている会話に引き戻される。ない、と答えて、ゆっくりに合意したと見なされるのは嫌だ。嫌だ、と思った瞬間、ほんとうに嫌だったような気がしてきた。祐介とお茶なんか飲んでいないで、最初から彦のほうについていけばよかったのだという気持ちになった。

「あるよ、メリメロだよ」

祐介がまじまじと私を見、それから大きくため息を吐いた。

「俺は行かない」

「うん」

「どうしてそんなに晴彦くんが気になるの？」

私が黙っていると、祐介はたたみかけてきた。

「久しぶりに会った俺のことより、弟のほうが大事なの？」

自分の発言に嫉妬《しっと》を含んだ響きがあったと気づいたらしい祐介は、すぐに取り繕った。

「晴彦くんのためにもならないと俺は思うね」

自分でも、どうかしている、と思う。祐介と別れて郊外へ向かう私鉄に乗りながら、何も今日あんなふうに祐介を怒らせてまで見にいく必要なんかなかった、と思いはじめている。そうすれば今頃は祐介と和《なご》やかにビデオでも観ていただろう。とりあえず今日、この夏の一日を波風立てずに過ごすことはできたはずだ。いつも目まぐるしくいろいろな心配をしなきゃならない自分の境遇から、手っ取り早く引き上げてもらえる頼みの綱が祐介だった。祐介の周りの穏やかな空気が懐かしく思えてきて、われながらなさけない。

車内に響いていた音が急に軽くなり、電車が地上に出る。窓が光る。南側に座っていた人たちが一斉に日除《ひよ》けを下ろした。川を越えたら、次の駅だ。比較的大きな駅ビルを出、ロータリーから延びた商店街の中に、メリメロがあるはずだった。

「八百屋と肉屋と金物屋と、思いっきり所帯じみた店が並んでる中にあんの、メリメロって」

だからすぐわかるってさ、目立つんだって、と彦は出がけに店の地図を確認しながらいったのだ。たしかに、すぐにわかった。自転車だらけの商店街には不似合いな洒落た店構え。ドアを開けると、乾いた匂いがした。軽やかで、かすかに甘い、輸入雑貨店特有の匂いだ。最初に思ったのは、彦はここでどうやって過ごすのだろう、ということだった。

先にそっと店の奥のほうまで覗き、彦がいないのを確認した。それからぐるっと棚をめぐる。お客はひとりもいなかった。洗練されてはいるけれど、個性も主張もない、ありふれたものばかりが並べられていた。しかも、値段がかなり高く設定されている。この商店街にこれでは、お客が来ないのもわかる気がした。レジではきれいに作り込んだ感じの女性が退屈そうにシールの張り替えをしていた。何時間か前、彦もここにいたのだ。そう思った途端、ふっと、ここに所在なく佇《たたず》んでいる彦の姿が浮かび、それが十数年前の幼い彦に重なった。私は膝を折り、心細げな背中に、だいじょうぶ、コーがいるから、と目を閉じてささやく。できるだけやさしい声で。あのとき、そういってやればよかったのだと突然激しく後悔しながら。

何も買わずに店を出、さっき乗ってきたばかりの電車を待ち、また延々と引き返す。今日はどうもよくない、と思う。思うけれど、どうしようもない。行く宛てもないし、くたびれすぎている。家に帰るよりほかなかった。

帰ると、彦がいた。玄関の狭い三和土《たたき》に、汚れたスニーカーがきちんと揃えて脱いであった。玄関からはすぐ居間に続いている。居間の奥の台所に、彦はいた。こちらに背を向け、スプーンでマグの中をかき混ぜながら、ちきしょっ、とつぶやいたのが聞こえた。

「牛乳入れすぎた」

いいながらスプーンを流しに置き、マグを二つ持って居間へ来る。ちょうどコーヒーを入れたところだったらしい。そこへ私が帰ってきた。玄関のドアが開く音がしたので、一杯分を二杯に分け、牛乳を足して量を増やそうとしたのだという。

「粉が一杯分しかなかったんだよ」

彦は居間のテーブルに置いたマグを一つ、私のほうへ押して寄越した。

せっかくの最後の一杯なのに牛乳を入れすぎてしまった、ということに彦はした。ちきしょっ、といったのは、でもほんとうは何か別のことに対してだった。

「デートじゃなかったの」

彦がいう。ふん、と曖昧に返事をすると、ふん、と彦も関心なさそうに鼻から息を吐いた。それからしばらく黙って薄いカフェオレを飲んでいたけれど、ようやく切り出した。

「俺、だめだわ」

「何が？」

また黙ってしまう。

「……メリメロ、行ってきたんだけどさ」

「うん」

「あんまり来なかったよ、客」

あんまり、でも、来たのだ。

「そしたら、もういいって、マネジャーとかいう女がさ」

もういい、帰ってくれといきなりいわれたのもショックだったけど、それならそれで放してくれるかと思えば、ねちねちと嫌みをいう。悪いけど、あなたの服装からして客層に合わないのよ、といわれて「むっと」し、最初からインチキくさいと思っていた、といわれたときには「かちんと」きたと彦はいう。「むっと」「かちんと」きても反撃もせず、すごすごと引き下がってきたであろう彦の姿が目に浮かぶようだった。

「お客、ほんとに増えなかったの？　ちゃんと数えた？」

私が聞くと、彦は首を振った。

「ちゃんとは数えてないけど、三十分で十人……もいなかったかなあ、七、八人ってとこか」

「それなら上出来じゃないの、もともとお客さんひとりもいなかったんでしょう」

「俺が行ったときはたまたま誰もいなかったけど」

そういってから、彦はマグを置いて私を見た。

「誰もいなかったの、なんで知ってんの」

「知ってるわけじゃないけど」

「見に来てたの？」

「行ったけど、ずっと後だよ、お昼過ぎに行って、誰もいなかった」

彦は眉を寄せて黙ってしまった。来なくていいといったのに私が行ったから、気を悪くしたんだろうか。あるいは気を悪くしたふりをしているのか。メリメロの女には怒れなかったくせに、私にはそんなことで怒るのか、と思ったら腹立たしさと疲れが混じり合って一気にこみ上げてきた。

無言で立ち上がり、台所へ行く。マグを洗って片づけ、母と共同で使っている和室へ入る。一日閉め切っていた部屋には熱気がこもっていた。クーラーのスイッチを入れると、ぶーんと大きな音を立て、窓を揺らしはじめた。なまぬるい風を顔に受けながら、つまらない、と思う。ばかばかしい一日だった。彦は「ちきしょっ」を、初めは入れすぎた牛乳のせいにし、次に私のせいにした。もっとあんたの現実を見ろ、といってやりたい。むっとかちんとちきしょっの相手は、誰だ。少なくとも牛乳じゃないし、私じゃないだろう。

なかなか効かないクーラーの前で、私はいらいらとブラウスのボタンを外し、それでも涼しくならないのでシャワーを浴びに出た。居間にはもう彦はいなかった。

夕飯のとき、一言も口をきかない彦と私を見ても、母は何もいわない。いつものことだ、と私は思う。母が踏み込んでこないことでバランスが取れているのだから、これでいいのかもしれない。むかむかするけれど、これでいいのかもしれない。


夜になって、急に雨が降りはじめた。職場を出るときは前触れもなかったのに、電車を乗り継いで駅に着く頃には土砂降りになっていた。駅から家までは少し歩く。通り雨だろうからしばらく待ってみようかと駅舎の低い庇から空を見上げたとき、覚えのあるシャツが視界に入った。彦が売店の前で立っていた。

彦とはあれ以来口をきいていない。目が合う前に視線をずらし、私は雨の中へ出て行く。彦がこちらへ来るのがわかった。かまわずに歩きはじめる。すぐに後ろから傘を差しかけられた。

「スワンの帰り」

聞いてもいないのに彦がいう。

「帰ろうと思ったら、ちょうどコーが見えたから」

スワンの日なら、帰りはもっと遅いはずだろう。返事をしないで早足で歩くと、

「怒ってる？」

という。そうして、ごめん、と続けた。

「なんで謝るのよ」

どうせ私がなんで怒っているかなんてわかっていないのだ。彦はいった。

「コーが怒ってるから」

「怒ってるから謝るの？　理由がわからなくても？　それじゃまた同じこと繰り返すかもしれないじゃない」

「そしたらまた謝るからさ」

彦はすでに、私の気が緩む兆しを感じ取ったらしく、声の調子が明るくなった。まあいいか、と実際私は思っている。怒る理由を説明したところで、納得し反省するくらいなら、今頃彦は彦じゃないはずだ。緩やかな下り坂を下り、川に沿って左へ曲がる。雨はもう小降りになっている。桜の道を歩きながら、彦は川を見ている。

「ここに越してくる前のこと、コー、覚えてる?」

「うん」

傘の中で、彦が、驚いたように振り返る。

「そっか、すげえな」

そうして、二、三度うなずいてみせる。

「コーは賢かったもんな、こーんな小っちゃい頃から」

彦は傘を持たないほうの左手をわざわざ膝のあたりまで落とし、小ささを表した。

自分はその頃、もっともっと小さくて、たぶん母におぶわれて背中で泣いていたりしたのだ。

「越してきたとき、あたしもう小学校上がってたもん」

彦はまた驚いた目になった。

「コーって小学校に上がってからのことはみんな覚えてんの?」

「みんなってわけでもないけど」

越してきた頃のことは、よく覚えている。引っ越す前の父と母のごたごたも、越してきてからの母の実家とのごたごたも。襖《ふすま》を隔てても漏れてくる諍いの気配に、私はいつも怯えていた。

「俺はその頃のことほとんど覚えてない。ただ、桜が咲いてたな、きれいだったな、ってのだけが残ってるんだ」

「うん、彦は桜が好きだったね。よく枝を折ってきて、叱られてたね」

「だけど、いっこだけ覚えてんの、すっごくいいのを」

くっ、と彦が笑った。それから横目で私を見て、聞きたい？　という。聞きたくなくたってどうせ話すくせに。

「引っ越す前の古いほうの家で、お母さんが泣いてんだよ、それをお父さんが慰めてる。たぶん夜。俺は襖のこっちから、それを見てる。泣いてるお母さんに、お父さんがいったんだ。どっちに進んでいいのかわからなくなったときは、後悔しないほうに進むんじゃなくて、」

「あ、ちょっと待って、お母さんが泣いてて、お父さんが慰めてるの？　それ、どういう状況だろ」

「知らない。詳しいことは俺全然わかんなかった。――それでさ、後悔しないほうに進むんじゃなくて、」

「待ってよ、お母さん、ほんとに泣いてた？　涙、流れてた？」

彦は口を尖らせて私を見た。

「流れてたかどうかは知らないよ、でもまあ、泣いてたよ、それがどうしたんだよ、コーはどうして人の話をちゃんと最後まで聞かないんだ」

ごめん、と謝りながら、動悸《どうき》がしている。この話の続きを、聞きたいような、耳をふさいでしまいたいような、落ち着かない気分だった。

「それでね、ええと、ああっ、もう何話そうとしてたんだかきっれーに忘れたよ！」

雨はほとんど止んでいる。彦は傘を私に渡し、街灯から次の街灯までの間の一番暗くなったあたりで桜の枝にジャンプする。黒い空をバックに黒い葉がわさわさ揺れ、水滴が降る。

「お母さんが泣いて、お父さんに慰められてた話。後悔しない道を選べって」

彦は引っ張っていた葉を放す。弓なりになっていた枝がひゅっと戻り、雨水が跳ねた。

「コー、大事なところが違ってる。後悔しない道を選べっていったんじゃないんだ、後悔しないようにって考えるから選べなくなるんだって、ほんとうに迷って切羽《せっぱ》詰《つ》まったら、少しでも心地いいほうへ進め、ってお父さんはいったんだ」

心地いいほうへ。父はそんなことをいう人だったんだろうか。そもそも、あの頃、母を泣かせていたのは父その人だったはずだ。父が母を慰めていたというのは彦の記憶違いじゃないだろうか。

「なんかさ、その場面がすごく心に残ってるんだ。びたっときたんだよ、子供心にも」

彦はそういってまたジャンプした。桜の枝から雨と一緒に何か黒っぽいものが落ちてきて、彦がわっと飛びすさる。

「ちょっと、やめてよ、変なもの落とさないで」

彦のまわりを大きく迂回《うかい》して通る。

「それ以来、俺の座右の銘」

「何が」

「迷ったら心地いいほうへ」

ふーん、と私はいった。右の耳から入ったら左の耳から出て行ってしまいそうな言葉だと思った。彦は手を伸ばして低い枝にさわりながら、話を続ける。

「きっとお母さんも、迷ったら心地いいほうへ、で今までやってきたんじゃないかと思うんだよね」

たぶん、母を見る角度が私と彦とでは違っている。だから結ばれる母の像も違う。母は心地いいほうへ進むような、心地いいかどうかを基準にするような生き方はしてこなかったと思う。

だけど、不思議だった。心地いいほうへ。すぐに通り抜けていくと思った言葉が、蹲《うずくま》るようにして居続ける。細い触手を無数に伸ばし、私の中に住処《すみか》を捜している。

「あのね、コー、まさかとは思うけど、迷ったら心地いいほうへ、っていうのはお気楽な日和見《ひよりみ》主義なんかじゃないから、勘違いしないでほしいんだよね」

それから私の顔を覗き込むようにし、あっ、と声を上げた。

「その不服そうな顔！　コーって、ほんっとうには迷ったりしたことないでしょ。いつも、後悔しないように生きてきたでしょ。どっちに進んでも後悔するような場面に立たされたこと、な、い、ん、で、しょー」

歌うような節回しで彦がおどけてみせる。そうだよ、悪い？　と胸を張ってみせたかったのに、できなかった。悪いかと聞かれれば悪くなんかない。それはわかっている。後悔しないように用心深く生きてきた。だけど今、こんなに心許《こころもと》ないのはどうしてなんだろう。

「あんたこそ、意味を取り違えてるんじゃない？」

そう返すのが精いっぱいだった。

彦はすっかり雨の上がった空を見上げ、そうかもね、といった。つられて見上げると、桜の枝の向こうにぼんやりと明るい雲が見えた。川から風が起き、緑の匂いが急に立ち上がる。

「私はお母さんがそんなふうに泣いたのを見たことがないから」

空を見上げたままでいうと、彦は、うん、と答えた。

私たちはふたりして、自分だけが母の涙を知っているとひそかに信じてきたんだ。

少し前を歩いていく彦の薄っぺらな背中に、笑い出したくなってしまう。だって同じものを抱えてきたはずなのに、向かった先がこんなにも違う。恨めしいような、羨ましいような気持ちで、ははは、と笑う。力のない声になった。

母の涙に矜持《きょうじ》を浸し、ぱりっと張って乾かした。干からびたそれを振りかざして、失敗しないよう、後悔しないようにがんばってきたのは、誰のためだったろう。母と、彦と、それから祐介や、友達や、職場の人たちの顔が順繰りに浮かんで、思わず頭を振る。全然違う、と思う。人のためじゃなかった。どの顔も遠い。堅実な道は役回りなんかじゃない。私が、私のために選んできた。そう思うそばから、靴が水たまりを踏む。自負がするりと逃げる。自分で選んだつもりの堅実な道さえも、ほんとうは危なっかしかったのかもしれない。失敗しないよう注意していれば失敗をせず、後悔しないように進んだら後悔はしない。そんなはずがない。そういうふうに歩いてこられたのは、母と彦とバランスを取り合い、支えられてきたからだったろう。傘を閉じ、柄を持って桜の枝を叩く。細かい水滴が顔にかかる。

「心地いいほうへ、って……」

小さくいいかけた途端、彦がくるっと振り向いた。

「行けるさ、コー、今からでも」

それから思わせぶりにゆっくりと首を捻る。

「でもむずかしいよ、薄暗ーい中を、遠ーくのほうに灯った明かりだけを頼りに、こう、手探りで進んでくようなもんなんだから」

「うわ」

私は彦の背中を後ろから小突く。

「知ったふうなこというじゃん」

もしも今度があるなら、と思う。今度迷うことがあったら私は。

最初はたぶん慎重に、できるだけ後悔しないような道をやっぱり選ぶだろう。でもそれで一歩も進めなくなったなら、今度は少しでも心地いいほうへ踏み出すことにしよう。

風が吹き、葉が揺れる。なんだか、からだが軽くなったみたいな感じだ。桜が途切れて角を曲がったら、すぐ、家だ。

# なつかしいひと

ずいぶん遠くの町へ引っ越すことになった。

東京からJRで八時間。飛行機とバスを乗り継ぐと、三時間。何も考えず、何も心に入れないようにして、引っ越しの手配をし、僕たちは飛行機に乗り込んだ。

空港に降り立ったときのことははっきりと覚えている。あまりにも空が深くて、青くて、気持ちも考えも思いも、何もかもどうでもよくなってしまいそうだった。

そうだ、何もかもどうでもよくなってしまいたくて、でもそれではいけないと思って、僕たちはここへ来たのだ。

梅雨の中日に母さんが死んだ。残された僕たち――父さんと、妹と、僕――は、四十九日を済ませると、そそくさと母さんの郷里へ身を寄せた。製薬会社で研究職をしていた父さんは仕事を辞め、僕と四つ下の妹はそれぞれ中学校と小学校を変わることになった。しかたがなかった。母さんのいなくなった部屋で、三人で暮らしていくのはむずかしかった。

厳密にいえば、暮らしていけないこともなかったんだろう。僕はもう中学二年生なのだから、妹の面倒を見ながらなんとかやっていくことはできたかもしれない。父さんだって、がんばれば少しくらいは会社から早く帰ってくることもできただろう。

だけど、がんばるってどうすることだったか、忘れてしまった。どうしても思い出すことができなかった。がんばろうとすればするほど、何かが間違っている気がした。僕たちは何もかも変えなきゃいけないんじゃないか。母さんがいない世界を生きのびるには、何もかもやり直さなきゃならないんじゃないか。きっと父さんもそう思ったのだ。

母さんの生まれ故郷は、九州にある小さな町だった。ひとり娘を亡くして悲嘆に暮れていた夫婦が――つまり、僕たちのおじいちゃんとおばあちゃんが――自分たちの古くて広い家に呼び寄せてくれた。

「お世話になります」

父さんが深々と頭を下げた。

「少し落ち着いたら、三人で住む場所を探します」

父さんは仕事も探さなきゃいけない。そのうえで住む場所を探すのは大変だろうなとぼんやり思った。ここは都会と違って、貸家や賃貸アパートが極端に少ないらしい。

「なんにも急ぐことないよ。ここでゆっくり暮らして、いつかいい家が見つかったら出ていけばいい」

おばあちゃんはそういってくれた。にこにこ笑っていた。つらくても、にこにこすることってできるんだな。おばあちゃんの笑顔を見て初めて知った。

おじいちゃんもおばあちゃんもやさしかった。僕たちが家財道具と共に引っ越した日には、すでに玄関前に「中村《なかむら》」「園田《そのだ》」とふたつの表札が掛けられていた。そんな気配りはなかなかできるものじゃない、と僕は気づかなかったけれど、父さんが感心したように教えてくれた。申し訳なさそうでもあった。

僕たちがひっそりと生き直すにはちょうどいい町だった。小学校も中学校も一学年一クラスで、全員が顔見知りという話だったが、想像していたほど窮屈な感じはしなかった。そもそも、想像さえしていなかったのかもしれない。とにかく遠くへ引っ越して、誰も知らない僕として生き直す。新しい中学校を具体的にイメージする余裕はなかった。

ただ、クラスに僕が受け入れられているとはいい難かった。もともと社交的な人間ではないうえに、社交的になろうと微塵《みじん》も思っていないのだ。うまくいえないけれど、とにかく、今は、誰もいらない。できることなら、学校へ通うのをしばらく免除してほしいくらいだった。でも、いわなかった。家族に心配をかけたくなかった。

父さんと、妹の菜月《なつき》と、おじいちゃん、おばあちゃん。僕の家族は、みんなしてお互いを気遣っていた。気遣いすぎて、息をするのも苦しかった。家族というときに含まれていたはずの母さんがもういないのだということを、できるだけ考えないようにした。

学校から帰ってからも、僕はよく外を歩いた。前はどうやって時間を過ごしていたのだったか、もう思い出せなかった。ふらふらと歩いていくと、アーケードのついた商店街があった。人通りはあまり多くない。雑貨屋があり、花屋があり、クリーニング屋があり、その向こうに本屋があった。

少し、思い出した。「前」のこと。僕は本が好きで、「前」はよく本屋に行ったのだ。父さんが家で本を読むのを見たことがないから、僕はきっと母さんに似たんだろう。そう思ったら、もう駄目だった。せっかく入った本屋で、本の背表紙がちかちかしてうまく読み取ることができない。雑誌のコーナーをまわり、新刊の台を通り過ぎ、「当店のおすすめ」となっている棚から一冊、二冊、手に取って、また戻す。読みたい本がない。何を読んでいいのかわからない。

母さんのせいだというのはわかっていた。母さんが亡くなって、世界は色を失った。匂いが消え、音が遠くに聞こえ、何かが手に触れる感覚も鈍った。読みたい本など見つからなくて当然だった。

だけど、僕は思いのほか困っていた。シーソーに乗っていて、相手が下へ、僕が空中へ上ったときに、急に相手が下りてしまったみたいな、このままだと急降下して尾てい骨をシーソー越しにずがんと地面に打ちつけることになるとわかっていて、それでも手も足も出せない。ほんとうは、両足をシーソーより先に下ろして踏ん張れば、体重を支えることができる。痛い目に遭わずに済む。そうわかっていて、手も足も出せずにいる。いや、出さないでいるのだ。僕の意思にかかわらず、僕の身体は動くことを拒否する。うまくやらなければ、無駄な痛みは避けなければ、と思っているのに、身体がいうことを聞いてくれない。

店の奥は、児童書のコーナーだった。菜月に何か買って帰ってあげよう。「前」には、彼女はよく児童書のコーナーで目を輝かせてあれこれ手を伸ばしていた。今はきっとそんな力もない。僕は知っている。彼女が毎晩蒲団の中で泣いていて、声を殺して泣いて、やがて泣き疲れて眠るのを。菜月のくぐもった嗚咽《おえつ》が聞こえてくると、僕はやりきれない気持ちになる。かわいそうだと思うし、自分のことがかわいそうにも思えるし、何より母さんのことがかわいそうにも思えてきて、もう何をかわいそうがっていいのかさえわからなくなった。

ふと顔を上げると、棚の向こうから、女の子がこちらを覗いていた。目が合って、あわてて逸らした。なつかしいような顔だった。心臓がどくどく音を立てていた。同じ学校の子だろうか、と思ったけれど、すぐに違うと気づいた。制服が違う。でも、同じ歳くらいだと思う。もう一度、そっと顔を上げると、彼女もこちらを見た。またすぐに視線を落とす。目が合うのがはずかしくて、彼女を見ていることが知られるだけでもはずかしくて、それなのに気になってまた見てしまう。

この感情が何なのか、僕にはわからなかった。彼女の姿を見たくて、本を選んでいるふりをしながら何度も様子を窺った。彼女は手に持っていた本を棚に戻すと、最後に一度こちらを振り返ってから、その場を離れた。

彼女が見ていた棚のところに行ってみる。どの本を見ていたのか探してみる。これかな、と手に取って、戻して、もう一度手に取って、それから考え直す。もしかしてあの子がここに戻ってきたら。僕が持っているところを見られるのはとてつもなくはずかしい。

やっぱり戻そう。そう思った瞬間、彼女がそこに立っていた。

「それ、おもしろいよ」

何もいえずに突っ立っている間に、彼女はにっこり笑って、今度こそほんとうに店を出ていってしまった。

僕はその本を買った。

それが火曜日だった。金曜に、また本屋へ行った。期待せずに店に入ると、こないだと同じ場所に彼女が立っていた。

「こないだは、ありがとう」

僕は勇気を振り絞ってお礼をいった。

「本を読んだのは、すごく久しぶりだった」

口にすると、それがどんなに大きなことかがわかった。本が好きだったのに、そんなことすら忘れていた。

「もしも、あの本が気に入ったのなら」

彼女は棚のほうを向き、ちょっと時間をかけて何冊か選んだ。それを僕に手渡すと、しっかりと目を見て微笑んだ。笑顔の意味はわからない。でも、心臓が早鐘《はやがね》を打っていた。彼女が店を出ていくと、僕はお小遣いをはたいて、四冊全部を買った。

次に会ったのは、翌週の月曜だった。

「もう全部読んだの？」

彼女はうれしそうに笑った。うーん、じゃあ、今度はどうしようかなあ、などといいながら棚の間をまわってゆく。僕も一緒に歩いた。どんな本が好きかぽつぽつと話しながら店内を一周すると、彼女の腕には何冊かの本が抱えられていた。文庫が三冊にハードカバーが一冊。ハードカバーか。お年玉からお金を持ってきたから、買えないわけじゃない。だけど、ちょっと困った。

「これ、女ものじゃない？」

「女ものって」

彼女は首を振って笑った。ふと、どこかでこんな笑い方をするひとを見たことがある、という思いが頭をかすめた。

「洋服じゃないんだから、本に男ものも女もののもないと思うよ。でも、もしも気に入らなかったら、妹さんにでもあげて」

そうか、妹にか、と思うのとほぼ同時に疑問が浮かんだ。妹がいることを話したっけ。話していない、と瞬時に思う。妹のことを話す暇はなかった。妹に限らず、家族のことは話していなかった。だって家族の話をしたら、母さんのことを話さなければならなくなってしまう。

でも、目の前にいる彼女が弾んだ声で話すので、僕の心は浮き立った。浮かんだ疑問はゆらゆらっとどこかへ消えてしまった。

どうして彼女からはこんなになつかしい匂いがするんだろう。彼女の横顔をこっそりと盗み見ながら考えた。なつかしさがどんな成分でできているのか知らないけれど、うれしいとか、よろこばしい、たのしい、肯定的な気持ちに、せつない、はずかしい、といった身を縮めたくなるような感情も混じっているのだと思う。少なくとも、僕には、彼女になつかしさを感じてしまったことに対する妙な後ろめたさがあった。

名前を聞きたかった。彼女のことを知りたかった。でも、聞いていいものかどうか、迷った。通りすがりなのだ。見たことのない制服を着ているから、きっとこの近くの学校ではないのだろう。

「どうもありがとう」

本屋を出たところで、僕はあらためて彼女にお礼をいった。昼間でも薄暗いアーケード街には、歌詞のない歌が流れていた。

君は、といいそうになったのを飲み込んだ。なんと呼べばいいのかわからなかった。

「……買わなくてよかったの？」

主語を省いて聞くと、彼女は穏やかにうなずいた。

「ええと、名前、なんていうの？」

思い切って聞くと、ほんの少し間が空いた。

「平凡な名前。つまんないよ。中村っていうの」

中村さん。すごく平凡だというわけでもないけれど、たしかにこの町には中村さんが多いようだった。クラスにも中村がいて、先生の中にも中村はいた。

そのとき、歩道の向こう側を、こちらをちらちら見ながら歩いてくる学生服姿が見えた。がっしりしていて、髪がくろぐろと多い。そうだ、たしか上別府《かみべっぷ》というやつだ。同じクラスにいながら口をきいたこともない。日焼けした顔に太い眉毛、声が野太くて、豪快に笑う。いかにも運動部の人間らしく、いつも友達に囲まれてクラスの中心にいた。

「どうかした？」

彼女が僕の視線を追って振り返る。

「なんでもないよ」

ぶっきらぼうないい方になった。女の子といるところを見られるのは決まりが悪い。いろいろとまずい、と直感がささやいていた。中二の秋になって転校してきて、東京の言葉を使い、馴染《なじ》もうともしない、ひょろっとした転校生。僕になど、いま通っていった上別府は興味もないだろう。しかし、放課後、商店街を女の子と歩いているとなれば、好奇心を刺激されたとしてもおかしくない。

「急に黙っちゃったね」

中村さんがいった。

「そんなことないって」

まだ声に変な力が入っていた。

「誰？」

「え？」

「さっき通っていったの、知ってる子なんでしょ。同じクラスのひと？」

どうしてそんなことを聞くんだろう。誰だっていいのに。少し、面倒だった。黙ってうなずいた。

「じゃあ、どうもありがとう」

僕は話を打ち切るようにして、手を振って別れた。

歩きながら、上別府のことを考えていた。中村ほどではないにせよ、この辺は別府とつく苗字が多いみたいだ。他の学年には北別府や小別府というひともいる。もともと別府という家か土地があって、その周辺に住んでいたひとたちがいろんな別府さんになったのかもしれない。つまり、何別府さんたちはみな、元は親戚なのだ。思いついた仮説に、さらに閃《ひらめ》きがあった。元をたどれば親戚、というひとたちが多いから、この辺のひとたちはなんとなく顔が似ているのではないか。越してきたばかりの頃、父さんがぼそっとつぶやいたのを覚えている。

「なんとなく、みんな似て見えるんだよなあ」

そのときはあまり気に留めなかった。母さんがいなくなった今、他のみんなが一緒くたに見えるということだと思った。僕自身がそうだったからだ。

でも、たぶんそれだけではなかったのだ。この辺りのひとの顔には特徴があるような気がする。顔のつくりがどことなくみんな似ている。土地の血が濃いのかもしれない。

「中村さんも多いよなあ」

あのとき、父さんはそういって少しだけ笑った。

「親戚ってわけじゃないんだけどね」

父さんの声を聞きつけたらしいおばあちゃんが付け足した。

そりゃそうだろう。中村さんがみんな親戚だったら大変だ。お葬式のときなんか、斎場に入りきれない中村さんがずらっと並ぶんだろうな。そう考えてから、僕は、異様にきれいで立派だった斎場のホールを思い出した。壁も床も大理石でできていて、つるつると無機質で、取りつく島もなくて。

「わあ、おにいちゃんありがとう！」

帰宅して、買ってきたばかりの本を手渡すと、菜月は小さな歓声を上げた。小さな声だったけど、母さんが死んでからは小さな小さな声しか出なくなっていたから、じゅうぶん大きく聞こえた。

「長いお話が読みたかったの」

「うん」

その気持ちは、よくわかる。僕も分厚い本を読みたかった。できるだけ長くその本の中に留まっていられるような、没頭して現実世界へ戻ってこなくて済むような本がよかった。

「たぶん、菜月の好きそうな本だと思って」

僕がいうと、

「女の子の本だよね。おにいちゃんが選んだの?」

表紙から目を上げた菜月が尋ねてきて、ちょっと口ごもってしまった。そして、心の中で思った。ほらね、やっぱり本にも男ものと女ものがある。

翌日、昼休みに図書室へ行こうと廊下へ出たところで、上別府に呼び止められた。

「園田、昨日本屋の前にいたろ」

やっぱり。面倒くさいことになった。

放っておいてくれ。そういいたかったけれど、いわなかった。

「いたよ」

いたのは事実だ。本屋の前で、中村さんと話していた。それをひやかしたり、からかったりされるのはいやだ。だけど、堂々としていようと思った。堂々としていなければ、彼女に悪いような気がした。

「店から出てきたところを見てた」

「そうか」

それは僕も知っていた。僕たちのほうをちらちら見ていたじゃないか。

「何を買ったんだ」

「なんでもいいだろ」

愛想のない口調だったと自分でも思う。上別府は鼻の頭に皺を寄せた。

「そりゃ、なんでもいいけど。おもしろい本があったら、普通に教えてくれたっていいんじゃね」

そういうと、教室へ入っていってしまった。

彼女のことはいわれなかった。てっきり何かいわれるだろうと思っていたから、拍子抜けした気分だった。

廊下を戻り、教室へ入った。真田《さなだ》や中村たちと話している上別府に、後ろから声をかけた。

「重松清《しげまつきよし》」

「え」

上別府はふしぎそうに僕を見た。

「おもしろい本」

僕がいうと、ああ、と表情を崩した。

「わかった。読んでみる」

そういってうなずいた。

放課後、にぎやかな生徒玄関で靴を履き替えていたところに、白い体操服の上別府たちが来た。これから部活でランニングでもするのだろう。下駄箱に伸ばしかけていた手を引いて先を譲ると、小さく、サンキュ、といって笑った。

たったそれだけのことだ。だけど、びっくりした。サンキュといって笑うだけで、上別府が僕を嘲《あざわら》おうとはしていないことがいっぺんにわかった。

僕はゆっくりと歩きながら、走っていく上別府たちの後姿を見た。


その週はいろいろ忙しかった。

まず、中間テストがあった。答案はすぐに採点されて戻ってきた。学年で一番の成績だったけれど、達成感もよろこびもない。何の感慨もなく、僕は答案を鞄《かばん》にしまった。

テストが終わると球技大会だった。球技大会といっても、生徒数が少なくて、各学年でバレーとバスケットのチームをひとつずつつくったら、それでおしまい。公平のため、部活にない種目で競うことになっているそうだけど、経験者がいないから試合らしい試合にもならなかった。

僕はバレーにもバスケットにも縁がなかった。それでも、前の中学にいた頃、転校直前まで体育の授業はずっとバレーだった。どちらかには出なければならないというので、バレーを選択した。チームのキャプテンは、上別府だった。

上別府は、運動神経がよかった。同じコートの中にいると、それがよくわかった。リーダーシップもあった。彼の指示で、僕たちは動いた。もっとも、動いているつもりで身体は全然ついていけなかったのだけど。

僕がボールを拾えなくても、サーブをネットに引っかけてしまっても、上別府は怒らなかった。疲れてぼんやりしていたときだけ、ボール見ようぜ、と声をかけられたくらいだ。

「セッターに向いてるんじゃないか」

大会の後で上別府にいわれたときは、何の話かわからなかった。

「手首がやわらかいから、コントロールがいい」

上別府がほめるものだから、まわりのやつも同調した。園田の上げたボールは打ちやすいとか、頭がいいから指示役のセッターにはちょうど向いているのだとか。

もちろん、真《ま》に受けたわけではない。驚いたし、そんなはずはないとも思った。けれど、なんだかくすぐったい気分だった。ほんとうにセッターに向いているかどうかは別として、同級生たちとの距離が一気に縮まった感じがした。

本屋にはなかなか行けなかった。

本を読む以外にもやることがある。それは、新鮮な驚きだった。登下校のときに誘われたり、休み時間に話しかけられたり、他愛もないことばかりだったけれど。

「重松清、読んだよ」

上別府がいった。

「え、もう？」

「兄貴が文庫で一冊持ってた。『その日のまえに』っていうんだ。すげえよかった」

僕は黙ってうなずいた。その本は内容紹介を読んだだけで棚に戻した。「その日」を過ぎてきた僕には、その本は読めない。きっと死ぬまで読めないだろう。

「しっかし、渋いよな。親父の趣味か？」

いや、と僕は首を振った。父さんは小説を読まない。

「こないだ、本屋の前で会ったときに一緒にいた子。あの子に教えてもらった」

なにげなさそうに話したけれど、ほんとうは思い切って告白したつもりだった。

しかし上別府は首を傾げた。

「一緒にいた子？　誰だそれ」

僕は上別府の日に焼けた顔をしげしげと見た。わざと話をはぐらかしているのだろうか。

「ほら、黒いセーラー服の、同じ歳くらいの子」

「黒いセーラー服って、今どきないだろ。どこの古めかしい学校だよ」

今度は僕がきょとんとする番だった。そういわれてみれば、セーラー服を着ている子自体を見かけない。うちの学校も白いシャツにグレーのスカートだ。もう少し寒くなれば、その上にブレザー。

「じゃあ、あれはどこの制服なんだろう」

僕がいうと、

「何いってんだおまえ」

上別府は声を上げて笑い、鞄を肩にかけて部活に行ってしまった。

その夜、僕はぼんやりと考えた。もしかしたら、彼女は遠距離通学をしている高校生なのかもしれない。ほとんど根拠はないが、そう推測して結論づけることにした。もしも彼女が何らかの理由で自分の学校の制服を着ているのではないのだとしても、その理由はわからなかった。考えてもしかたがない。それよりも、彼女のすすめてくれた本はどれもおもしろかった。そのことが大事なんだと思った。思おうとした。

寝る前に蒲団の中で読む本は僕を遠いところへ連れていってくれる。バレーボールは飛んでこなかったし、青々と晴れ渡る空も出てこなかったし、中村さんも姿を現さなかった。

本を閉じた。バレーボールも青い空もどうでもいいけれど、彼女には登場してほしい。彼女に会いたい、と思った。

やっと週末になったのに、土曜日は父さんに釣りに誘われた。

当然菜月も行くものと思ったのに、あっさり断られた。父さんは戸惑ったみたいだ。

「読みたい本があるから」

菜月はいった。ずるいぞ、菜月。僕だって読みたい本はあるし、行きたい本屋がある。睨んでみせたけど、知らん顔されてしまった。

ふたりで出かけた。

「こんなに水の澄んだ川があるんだなあ」

父さんはしみじみといった。

すっかり秋の気配がしていた。川面は細かく波立って、意外に強い光を反射させていた。無数の魚が跳ねているのかと見紛《みまご》うほどだった。

「釣らなきゃ」

そうして、まるで親の仇《かたき》みたいに釣り竿を振っては餌を飛ばしていた。

母さんが死んで、仕事を変えて、家も売って、とりあえず息子と釣り糸を垂らすくらいしかすることがないんだろう。父さんは釣りをしながらよく笑った。ぜんぜん楽しそうじゃなかったけれど。

「こっちへ来て、よかったかな」

不意に父さんがいって、こっちというのが今釣りをしているこの川辺のことのように思えた。でも、きっと違う。こっち。母さんの生まれ故郷であるこの町のことだ。小さい頃こそ夏休みには毎年遊びに来ていたけれど、高学年になると毎年ではなくなり、来ても数日しか滞在しなかった。それでも、去年のお盆に遊びに来たのは、虫の知らせだったのだろうか。母さんは東京へ戻って間もなく病気がわかった。

「父さんはどう思う？」

見ると、父さんは困ったような顔をして川の向こう岸を眺めていた。

「俺にはよくわからないんだよ。こっちへ来たほうがよかったのか、がんばって残るべきだったのか」

残るという選択肢はなかったのだ。がんばれなかった。父さんだけじゃない、僕も、母さんのいないあの部屋ではがんばれなかったと思う。

「太一《たいち》と菜月がこっちで少しでも前を向いて暮らせればいいんだが」

「前ってどっち」

笑いながらいうと、父さんもつられて笑った。

「どっちだろうな。そんなこと、考えたこともなかったのにな」

父さん、と僕はいった。

「友達ができたんだ」

「お、おお、そうか」

父さんは釣り糸を垂れたまま、顔だけこちらに向けた。

「だからさ、こっちが前でいいんだよ、たぶん」

もう父さんの顔は見られなかった。照れくさくて、僕は川の真ん中辺りをじっと見つめていた。

日曜に、ようやく本屋へ行くことができた。

彼女がいると思ったわけじゃない。むしろ、いなくて当然だと思った。でも、文庫の棚の前に、あのなつかしい姿がなかったとき、僕はやっぱり落胆した。

あ。また「なつかしい」と思った。この辺のひとの顔はみんななんとなく似ている。そうつぶやいた父さんの言葉を思い出している。

そうか。謎が解けた気がした。彼女はこの辺のひとの顔をしている。つまり、母さんとどことなく似ているのだ。だから、惹かれた。恋とか愛とかじゃなく、本能的に惹かれたのだと思う。

「こんにちは」

背後で声がして、振り向いた。

彼女だった。

僕はその顔を見て、すぐに目を逸らした。どきどきしていた。たしかに、似ていた。みんな似ている、その範疇《はんちゅう》を少し超えているような気がした。

「……こんにちは」

彼女の目を見ずに軽く頭を下げる。

「ちょっと久しぶりだったね」

微笑んでいるかのようなやわらかな声が、僕の身体に染み込んでくる。その声までも、似ている、気がした。

「どうかした？」

彼女がいった。僕は黙って首を横に振った。彼女も黙った。目を見合わせないで、ふたりで立っていた。

「読んだよ、重松清」

僕がいうと、彼女はほっとしたように表情を崩した。

「『流星ワゴン』が今のところ一番好きだ」

「ああ、よかった」

「それから、『きみの友だち』。『再会』も」

彼女はちょっと声のトーンを上げた。

「そんなに読んだの？　こんな短い間に？」

僕はうなずいた。お小遣いではすべては買えないから、学校の図書室から借りたものも混じっている。

「かあちゃん」

「……え？」

僕は顔を上げ、真正面から彼女を見た。

「『かあちゃん』っていう本もすごくよかった」

半分、嘘だ。すごくよかったけれど、半分までしか読んでいない。いろんな「かあちゃん」が出てきて、涙で最後まで読み通すことができなかった。

「あれから考えたんだけど」

中村さんは『かあちゃん』には触れずに話題を変えた。

「新しいおすすめの本。たぶん、小説は重松清から広げていけると思うから。もし興味があったら、の新ジャンル」

うん、とうなずくと、彼女は先に立って歩き出した。背格好も似ている。女の子というのは、中学生くらいで身長が伸び止まってしまうのだろうか。

彼女に連れていかれたのは、意外な棚だった。

「何、これ、どうして。僕に？」

料理の本が並んでいる。初めての料理。和食の基礎。スープの本。本場のパスタをおいしくつくるには。

「案外、お料理の本って読んでると楽しいのよ」

彼女はくすくす笑った。それから、真顔になって付け足した。

「いつか必ず役に立つから。ご家族のためにも」

ご家族。やけに大人びたいい方だった。彼女は知っているのだ。僕の「ご家族」から大切なひとりが欠けてしまったこと。今度は僕が「ご家族」のためにがんばるときだということ。

落ち着いた表情で僕を見ている彼女に向き直った。

「ありがとう。読んでみるよ」

そういうのが精いっぱいだった。

家に、母さんの使っていた料理の本が何冊もあったはずだ。あれを読んで、何かつくってみよう。母さんほどうまくはつくれないに決まっているけど、「ご家族」のために、何か、おいしいものを。

「ご家族に、母さんは含まれるのかな」

おそるおそる聞いてみた。彼女は目を伏せた。

「あたりまえじゃない。母さんはもちろん太一の家族でしょう」

顔は穏やかだったけど、語尾が震えた。

「中村さん」

名前はなんていうの。その見かけない制服はどこの学校のものなの。

何も聞けなかった。聞かなくても知っていた。家に帰って、おばあちゃんに古いアルバムを借りればわかることだと思った。

「ありがとう」

はっきりと、しっかりと、伝わるように祈りながら僕はいった。彼女はにここと笑った。いつもそうしていたみたいに、小さく首を振って。

「こちらこそ」

涙でかすんだ目を上げると、彼女はもういなかった。

# ヒロミの旦那のやさおとこ

## 1

鼻歌を歌いながらバス停からの夜道を歩いてきて、もう三本先の電柱を左に折れたら家が見えるというところで足を止めた。ヒロミんちの前に見かけない白い車が停まっている。誰か来てるのかな、と思った。それにしてもずいぶん古い車だ。年季の入った四角い型、バンパーはひしゃげ、窓枠は錆《さ》び、普通のセダンより車体がひとまわり小さく見える。

「ふっるい車だなあ」

思わず声に出し、通りすがりに何気なく窓を覗いてぎょっとした。

深夜の、住宅地の、狭小間口の二階建てであるヒロミんちの、前に停まっていた車の、助手席。そこに人影があった。シートを深く倒しダッシュボードに両足を載せて、どうやら煙草を吸っていたらしい。

「……いえ、それほどでも」

ゆっくりと身を起こした男が、どこかに笑いを含んだような声でそういった。美波《みなみ》は窓越しに目が合い、非礼を詫《わ》びるべきかと一瞬は思ったにもかかわらず、そこから早足で逃げ去った。

夜目にもやさおとこだった。あれは誰だったんだと三本目の電柱で振り返ったとき、もう車は闇に沈んでいた。誰だ。この辺じゃ見かけないやさおとこ。金と力はなかりけり。そうだ、いかにも金と力のなさそうな顔をしていた。権力なんてたいそうなものじゃなく、腕力とか体力とか持久力とか。なさそうだったなあ、と思ったのだ。

鼻歌の続きを歌おうと思ったけれど、何を歌っていたんだったかどうしても思い出せず、しかたがないから、いつもの「お富さん」を歌う。行きなクロベエ神輿《みこし》の松に、とそこまで歌ってから、ふと、どういう意味だろうと思った。おばあちゃん、クロベエって誰よ。おばあちゃん譲りの十八番、「お富さん」を歌って三十余年になる。それなのに、今日初めて歌詞の意味を考えた。なんだか変な感じだ。胸がさわさわしている。月が皓々《こうこう》と明るくて、普段は考えないようなことを考えてしまうのかもしれない。たとえば、「お富さん」の歌詞だとか、やさおとこは古い車の中で何をしていたのかとか、そういえばヒロミは今頃どうしているのだろうとか。そこからは無言で家まで歩いた。

「岡村《おかむら》さんとこに見かけない男がいたんだけど、誰だろう」

家に帰って早速尋ねると、母が訝しげに振り向いた。

「なにいってんの、ヒロミちゃんの旦那《だんな》さんでしょう。ほら、帰ってきてるっていったじゃない。同居することにしたのかしらね」

「ぜったい違う」

「なにがよ」

「あれがヒロミの旦那のわけがない」

母は短く笑い、すぐに真顔になってため息をついた。

「あれが美波の旦那のわけがない、っていわれるくらいの男をつかまえてごらんよ」

「そういう意味じゃない」

「じゃどういう意味」

「そこまでいい男だったわけじゃないってこと」

「ちゃんと心得ておきなさい、そういうことというと負け惜しみだと思われるんだからね」

「べつに負けちゃいませんよ」

湯呑《ゆの》みにお茶をいれて、台所を出る。階段を上りながら、笑いがこみ上げてくる。あれがヒロミの旦那だったなんて、思いもしなかった。思いもしなかったけれど妙に腑に落ちるような気にもなり、美波は自分の部屋のドアを閉め、湯呑みを持ったまましばらく考える。それから、はたと思いあたった。山岸《やまぎし》だ。ちょっと山岸に似ていた。ああいう感じがやっぱり好みだったんだなあ。くすくすとあぶくのような笑みが喉もとから湧いてくる。お茶をひとくち飲んだら、みよっちゃんに電話しようっと。

三好知花《みよしちか》は小学校の同級生だ。すぐ近所に住んでいる。岡村ヒロミと三人して六年間同じクラスだった。

「ドラの旦那がやさおとこぉ？」

予想通り、みよっちゃんは笑ってくれた。ありえない、といって。

「でもほんとだってよ、うちの母がいうには、今度ヒロミの家で同居するんじゃないかって」

「やむを得ない事情があるんだよ」

みよっちゃんが電話の向こうで声をひそめる。

「急所をつかまれてるに決まってるじゃん、ドラに」

それは私も考えた。でもちょっと言葉が違う。弱みを握られているといいたいんだろう。

「やっぱり力ずくだよね、あの子は」

うん、うん、と電話のこちらと向こうでうなずきあう。ドラのやることだもの。

ドラというのはヒロミのあだ名だ。声がドラ声だからか、態度がドラ猫然としているからか、いわれはもう思い出せないが、気がついたときにはヒロミはドラだった。ドラとあだ名される前からの数少ない知己だけがヒロミをヒロミと呼ぶ。美波がそうだ。みよっちゃんはヒロミがヒロミであったことを知る瀬戸際の幼なじみで、そのせいかヒロミとドラを器用に呼び分けている。

しかし、何と呼ばれようとヒロミはまさにドラだった。とにかく腕っぷしが強く、ついでにいえば鼻っぱしらも強かった。

「ぷしとかぱしらばっか強くてもしかたがないんだよこの子は」

そういってヒロミのお母さんがぱーんとヒロミの頭をはたくのを美波は何度も見ている。たぶんあのお母さんもぷしとぱしらが強いんだろう。

そもそもヒロミの見るからに頑強そうな体つきは母親似だ。すでに小学校の入学式の写真でもヒロミは最後列で不敵な笑みを浮かべ仁王立ちしている。後ろに並ぶ保護者の中にも同じく不敵な笑みで仁王立ちしているのがいるから母娘だとひと目で見て取れる。ちなみに美波はヒロミのすぐ前で首を傾げてあらぬ方向を睨んでおり、みよっちゃんは最前列の端っこでぶかぶかのワンピースを着てよけい貧相に写っている。入学式の写真には何でも写るのだと美波は思う。みんなこのまんま大きくなったじゃないか。特にヒロミ。どんどん強くたくましく育った。

「あの子は大物になるよ」

まだ健在だった美波の祖母はヒロミを見るたびに目を細めた。

「あたしは……？」

遠慮がちに尋ねる孫娘には、

「だいじょうぶ、あんたはあんたでちゃんとしあわせになれる」

と笑った。だいじょうぶって、ちゃんとしあわせって、いったいどういうことなんだと問う前にあっけなく祖母はこの世を去った。無理にでも聞いておけばよかった。おばあちゃん、こんな私でもほんとうにだいじょうぶ？　ちゃんとしあわせになれる？　あの頃ではなく、今こそその答を聞きたいものだと美波は思う。

中学では三人ともクラスはばらばらだった。でも結局は三人いつも一緒にいた。別のクラスなのだからいつものはずはない。それなのに今思い出すといつも一緒にいたような気がするのだ。学校から帰ると毎日のように誰かの家に集まっていた。美波が帰宅するとすでにヒロミかみよっちゃんが部屋に上がり込んでいることもよくあった。ヒロミのところは共働きで、泣き虫の弟がひとりになるのを怖がったから、ヒロミの家に行くのがいちばん多かったはずだ。

あの頃、何をそんなに喋ることがあったのかと思う。もしかしたらそんなに喋りもせずに、ただ三人でだらだらとお菓子を食べたり漫画を読んだりしていただけだったかもしれない。少なくとも、その年頃の親しい女の子同士の間で交わされるような会話はほとんどなかった。おしゃれの話や、気に入らない子の悪口や、好きな男の子の話。それらがつまらないものだと思っていたわけではない。つまらないものだと思おうとしていた、というのに近い。

ヒロミは親から買い与えられたスウェットやジャージに特に不満を感じていないようだった。美波はおしゃれに興味がないわけではなかったし、可愛いスカートの一枚や二枚、持っていないわけでもなかったけれど、三人でいるときはおくびにも出さなかった。ジャージへの裏切りになる恐れがあったからだ。町の本屋でみよっちゃんが一心不乱にファッション誌を立ち読みしているのを見かけたこともあった。声をかけては悪い気がして知らない顔で通り過ぎた。

人の悪口はいう必要がなかった。気に入らない子がいればほとんどその場でけりをつけたからだ（なにしろヒロミはめっぽう喧嘩が強かった）。好きな男の子のことは、一度だけ話題に上って、すぐに立ち消えになった。

中学に入ってすぐの頃だったか。みよっちゃんに好きな人ができたという。

「やっぱりわかる？」

みよっちゃんは恥ずかしそうにいったのだ。美波はみよっちゃんが自分でいい出すまで、彼女に好きな人がいるなんて思いもしなかったから驚いた。ヒロミもそうだったと思う。キュウリみたいなみよっちゃんに好きな人がいてもいいのかと新鮮な気持ちで告白を聞いた。

「つきあいたいなんて思ってないんだけどね、だって、山岸くんてうちのクラスでいちばんかっこよくて人気のある人だから」

みよっちゃんが山岸の名前を告げたとき、ああいうのをかっこいいと思うのかと美波はふたたび新鮮な思いで長年の友人をしげしげと見た。顔はたしかに整っているかもしれない。しかし、目立たない。覇気がない。目がどんよりしている感じが美波は好きではない。ところがヒロミはちょっとうれしそうだった。

「あたしも山岸はなかなかいいんじゃないかと思ってたよ。みよっちゃん、こういうの、なんていうか知ってる？」

「ううん」

みよっちゃんがきょとんとして首を振ると、ヒロミは得意そうに鼻を膨らませた。

「きょうだい。同じ人を好きになった子のことをきょうだいっていうんだ」

違う、と美波は思った。どう違うのかはっきりとはわからないけれど、違うということだけははっきりしている。血縁関係のない同性同士がひとりの異性をめぐってきょうだいと呼ばれる場合、なんというかもっと不穏で猥雑《わいざつ》な意味が重ねられるはずだと中学一年生だった美波は思ったものだ。見ると、みよっちゃんもかすかに眉間に皺を寄せていた。

「山岸はモテるだろうからきっと学校にはきょうだいがいっぱいいるね」

ヒロミは屈託なく笑った。べつにそのせいではないと思う。だけど、それ以来みよっちゃんは山岸くんの話をしなくなったし、美波も好きな人ができても話そうとは思わなくなった。

ヒロミのことを思うとき、いつも屈託なく笑っていた顔を思い出す。どんなことも屈託のない笑顔で話していたように思う。ほんとうにそうだったんだろうか。美波にもささやかな屈託はあった。みよっちゃんにもあっただろう。それでヒロミにだけないはずはない。そう考えて当然なのに、当時は気づかなかった。ヒロミには屈託はない。さすがは大物になる子だ、と美波はそんなふうに思っていた。

ドラはいよいよドラとしての頭角を現しはじめていた。

噂は嫌でも美波の耳に入った。噂には往々にして尾ひれがつくものだし、クラスが別々だったから直接見聞きしたわけでもないというのに、どれもこれもほんとうらしくて笑えた。もっとも、笑えたのは美波やみよっちゃんにとってだけで、ほかの生徒にはどうだったのだろう。

いわく、遅刻してつかまったがその場に居合わせた風紀委員数名全員に頭突きして門を突破した。いわく、文化祭の模擬店でつかみ取りの飴《あめ》をつかみすぎて容器の穴から手が抜けなくなり、容器ごと持ち逃げした。いわく、マラソン大会を中止にしたい一心で、前日に徹夜してスタート地点に落とし穴をいくつも掘った。

多くの逸話を本人に確かめても、ふんと鼻を鳴らすばかりでウソともマコトともつかない。美波にとっても真偽はどちらでもよかった。ただ、マラソン大会前日の穴掘りに関してだけは水くさいと思った。そんな大仕事ならひと声かけてくれればよかったのに。声をかけられて手伝ったかどうかはわからないとしてもだ。だいたい、穴を掘るくらいなら走ったほうが楽なんじゃないのか。どうなんだ、ヒロミ。一度、ヒロミが自宅の階段から落ちて右腕を骨折したときに、ほんとうは美波と喧嘩して、美波が鉄アレイだか大理石の灰皿だかでヒロミを殴《なぐ》って骨折させたのだという噂が立ったことがあった。それを聞いてヒロミが激怒したという。噂の出所を突き止め、ギプスをはめた右腕でその子を殴ったそうだ。

「いや、ギプスで殴られたら痛いでしょう」

みよっちゃんがいつものようにカーペットに寝そべってポテチを食べながら笑うと、ヒロミもいつもの屈託のない笑顔で、

「殴ったこっちが痛かったよ、骨折れてんだもん」

と答えた。ヒロミが単に美波との仲違《なかたが》いの噂に腹を立てたのか、美波なんかに負けたという噂に憤ったのか、それとも美波が素手ではなく凶器で殴るような卑怯《ひきょう》なやつだと噂されたことに怒ってくれたのか、結局美波は確かめずじまいだった。

噂はその後もいくつも流れた。それがほんとうなら大物というより怪物じゃないかと思わせる噂も少なくなかった。気にはなったが、ヒロミ自身がまるで気にしていないように見えた。それに、ヒロミの顔を見ればそんなことはどうでもいいのだと思えた。ヒロミと美波とみよっちゃん、三人で会うときはおかしいほど三人のままだ。中学に入ったばかりの、つまり時期的には山岸事件（と美波は勝手に名付けている）の頃の三人、そのままのバランスを保ち続けていた。保たざるを得なかったともいえる。三人はセットだった。セットでガチャガチャの丸い透明なケースに入って売られているようなものだったから、三人は三人、そのままの形態でいるし

かなかったのだ。百円硬貨を入れてレバーをぐるっと回すと下から丸いケースが出てくる、あれだ。あれっていつも期待はずれだ。予想よりいいものが出てきたためしがない。必ずがっかりするとわかっていてもまたやってしまう。次こそは、次こそは、いいのが出ると信じて。私たちはその、次こそは、と思われ、見なかったことにしてこっそり捨てられてしまうケースに違いなかった。

そんなふうだから、美波にもみよっちゃんにも、そしてもちろんヒロミにも、お互いの他に友達と呼べるような人はほとんどいなかった。学校にいる間は普通に喋ったり笑ったりしていたはずのクラスメイトたちと、放課後に遊んだ記憶はない。女子だけの話ではない。どんなに隈《くま》なくあの頃の記憶を探っても、男子とのロマンチックな思い出が美波にはひとつもない。

いいのだ。中学のうちからモテてるような女子って結局大成しないのだ。みよっちゃんがいったんだったか。あたしたちは大器晩成ってやつだよね。そうそうそう、そうなんだよね、とうなずきあい、事あるごとにその格言を思い出して自らを励ました。今からモテてたってしょうがないじゃん。——果たしてしょうがなかったのか。そして不思議なのは、私たちが大成しようと思っていたのかという点だ。大成って、年を取れば取るほど縁遠くなる言葉だ。今じゃ何を指して大成だなんていってたのか、それさえわからない。

もしかしたらモテないことにも関係があったのかもしれない。男子の話はほとんどしたことがなかった。山岸事件からこっち、なんでもない男子の話すらしなくなった。どうしてなのかよくはわからない。三人にとって、それがいちばん保ちやすい距離だったということなのだろう。

山岸事件には後日談がある。中学の卒業式の後、三人はいつものように三人だった。泣いて別れを惜しむ友も師もおらず、そそくさと帰宅した。たしかヒロミんちの三畳間でだべっていたのだと思う。卒業だからといって特に感慨はなかった。四月から別々の高校に進むことになっていたけれど、帰ってきたらまたここにこうして集まればいい。そう思っていた。居場所ならここにある。

三月だというのに冷え込んで、窓の外を小雪が舞っていたのを覚えている。ヒロミがみよっちゃんに無造作に何かを投げてよこした。小さなベーゴマのようなそれは、みよっちゃんの広いおでこにコツンと当たった。

「痛」

おでこをさすっているみよっちゃんに、ヒロミはぶっきらぼうにいった。

「それ、第二ボタン」

みよっちゃんが足もとのベーゴマを拾ってしげしげと眺めた。

「誰の」

「山岸の」

「……山岸？」

みよっちゃんは山岸のことなんてもう好きじゃない。もしかしたら存在さえ忘れていたかもしれない。美波はみよっちゃんの少し困ったような表情と、それからヒロミの相変わらず屈託のなさそうな顔とを見比べた。ヒロミはみよっちゃんが今も山岸のことを好きだと思い込んでいるらしい。美波はひそかに感心した。きっとヒロミはいったん誰かを好きになったら、たかだか三年で気持ちが変わるわけがないと信じているのだ。

だからといって、山岸の第二ボタンをもぎ取ってきていいのかという疑問と、そもそもそれは本人がもらってこそ意味があるんじゃないかという疑問は消えない。ヒロミに迫られ、表情に乏しい山岸の顔が不甲斐《ふがい》なく歪む様子を想像して美波はちょっと笑った。

「ありがと、大切にする」

みよっちゃんはヒロミにいい、それでヒロミは満足そうだった。こういうときに平然と方便を使えるのがみよっちゃんだ。美波ならきっと、気持ちはうれしいがもう山岸のことは好きではないと正直に話すだろう。みよっちゃんはヒロミがわざわざ（山岸を脅して）ボタンを奪ってきてくれたことを「大切にする」といったのだろうか。そんなことを考えていて、美波ははっきりと悟ったのだ。居心地のいいこの部屋の温度を上げたり下げたりするのは、きっと男だ。いつかこの部屋に男を入れるとき——男の話題を受け入れるとき、くらいの意味だったのだけど——三人の関係は変わってしまうだろう。たぶん美波以外のふたりも同じように感じたのだと思う。それ以来、ただの一度も男の話は出なかった。

だから、みよっちゃんの結婚もヒロミの結婚も降って湧いたように突然に感じられた。美波はどちらの相手のことも何ひとつ聞かされておらず、さすがにちょっとショックを受けた。みよっちゃんとはときどき電話で話したり、たまに会ったりしてもいたのだ。

そうだった、と理解してはいる。いくら親しくしていても、いや、親しくしていたからこそ、三人の間に男の入る余地はなかった。もしも前もって聞かされていたとしても、美波にとってはみよっちゃんの結婚もヒロミのそれも違和感が大きすぎていつまでも慣れることができないままだったような気もする。

みよっちゃんはいつの頃からかじわじわときれいになっていた。

「おめでと」

美波はウエディングドレスを着て見違えるように化けたみよっちゃんに声をかけた。

「ありがと」

みよっちゃんはまばゆく微笑み、それから小声で付け足した。

「ヒロミにも見てもらいたかったよ」

ヒロミはいない。二十歳のときに家を出て、それきり音沙汰がなかった。結婚したらしいというのも噂で聞いただけで、ヒロミの両親も多くを語りたがらない。どこかで元気に暮らしているのならそれでいいとあきらめるしかなかった。

付け加えるなら、美波はみよっちゃんの結婚相手もその結婚式の日に一度見たきりで、三年も経たずに彼女がまた戻ってくるまで再びその姿を目にすることはなかった。早いものだと思う。

「早くて悪《わる》うござんした」

みよっちゃんがまだよちよち歩きだった息子の翔太《しょうた》を連れて帰ってきたとき、美波は慌てて訂正したのだ。

「いや、ほら、みよっちゃんていうといつまでも中学くらいの頃の印象があって、こんな立派な子供を育ててるなんて、早いものだなと思って」

「立派か？　この子」

「……立派な体格のこの子」

足取りはおぼつかないくせにむちむち大きくて、ものすごい速度でいつもそこらじゅうを破壊してまわっている翔太はどう見ても落ち着きがなく、こんな子と四六時中一緒にいるみよっちゃんこそ立派だと美波は思った。

ほんとうに早いものだ。翔太も七歳になり、美波やみよっちゃんが通ったのと同じ小学校の二年生だそうだ。近所を歩いているのをときどき見かけるが、相変わらず落ち着きがない。幼い頃のみよっちゃんにそっくりだと思う。現在のみよっちゃんは若干違う。ふらふら歩きまわるのは変わらないが、容姿が五分づき米から白米になった。精白されて見違えた。昔キュウリだったことが信じられないほどだ。みよっちゃんのあとをついてまわって、この人昔キュウリだったんです、とみんなに教えてあげたいような気持ちになる。だってみよっちゃんがうんときれいになって結婚して出産して離婚してまた近所に戻ってきて息子がぐんぐん育って小学二年生になる大波小波の間にも、美波のほうはせいぜいさざ波を立てたくらいで代わり映えもなくずっと実家で暮らしているのだ。ちょっとくらい嫉妬してみたってバチは当たらないだろう。

そこへ現れたのが、古い車とやさおとこだった。

ヒロミが帰ってきているらしい。

美波の胸に風が吹いた。さわやかな風ではなく、懐かしい風でもなく、どちらかというとうっとうしいような、生ぬるく湿気を含んだ風だ。その風がゆるゆるとひととおり吹きさらしていった後、美波の胸にはキノコが生えた。ぽっぽっと小さな傘を開いて、食べられるんだか毒なんだかわからないキノコがあちこちに生えている。

ヒロミに会ったら、今までどこでなにしてたの、と昔みたいに軽々しく訊くことができるだろうか。携帯の番号ぐらい教えといてよ、といえるだろうか。それとも、昔からそうだったように、一緒にいるとき以外のことはお互いに何も聞かず何も見ないふりをするだろうか。

会いたいような会いたくないようなどっちつかずのキノコが揺れる。狭い町内でばったり出くわしたときに、すぐわからなかったらどうしよう。ヒロミは今でもドラだろうか。そんなわけはない。ドラにやさおとこの旦那が来るわけがない。ヒロミもみよっちゃんみたいにきれいになっていたりしたら、なんだかがっかりだ。自分だけ取り残された感があるからではなく、あのヒロミがおしゃれに気を遣うようになっていたりしたらゆるせないと思う。

それから美波は「ゆるせない」と思った自分の気持ちに戸惑ってしまう。ゆるすもゆるさないも、ヒロミは美波のそんな気持ちを気にすることはないだろう。それに美波はすでにヒロミをゆるせないのだ。十年あまり消息不明だったことはもういい。だけど、帰ってきているならどうして連絡をくれないのか。近所なのだ。ただいま、とあのドラ声でいってくれればそれでいい。おーい、と二階の窓を見上げて手を振ってくれるだけでもいい。ヒロミ、ゆるさんぞ、と美波は思った。思ったけれど口に出しはしなかった。万一ヒロミに聞かれたら怖かったからだ。

乗っていきませんか。

声をかけられたのは、最寄り駅のロータリーだった。強い雨が降っていて、家までは遠く、バス停の前には長蛇の列ができており、かといってタクシーに乗る財力はなく、おまけに美波は仕事帰りでとても疲れていた。それで理由になるだろうか？　理由あるいはいい訳はいくつ揃えれば決裁の判子をついてもらえるのだろう。ロータリーの端で雨に煙っている白い車はほとんど廃車寸前に見えた。中に誰も乗っていないのは明らかだった。運転してきた男は今美波の目の前でビニール傘を差して立っている。

ヒロミは？　と最初に訊くべきだったかもしれない。しかし、美波は助手席側から乗り込んで、ドアを閉めながら、

「どうして私のことがわかったんですか」

と訊いてみた。雨に遮られ、車の中だけが異次元につながっているような錯覚にとらわれた。やさおとこは真剣な顔をしてエンジンをかけることに熱中しているようだった。

「この車、エンジンがかかりさえすればよく走るんです」

空回りするエンジン音を聞きながら、美波はもう一度、訊いた。

「どうして私がわかったんですか。あの、私、ヒロミの古くからの友人で」

いいながら、友人という言葉にちょっと引っかかった。やさおとこは聞いているのかいないのか、イグニッションキーを回し続けている。

私たちは友人だったろうか。そんなよそよそしいものだったろうか。でも、もっと親しかったはずだという自信はすでに美波にはない。ほんとうに親しかったら、いくら離れていたって今でもちゃんと連絡を取りあっているものなんじゃないか。だいいち、結婚したことさえ知らされなかった。

「知ってる」

やさおとこが不意に答えたのが何に対してなのか一瞬わからなかった。

「美波さんでしょ」

ようやくエンジンがかかり、やさおとこは慎重にアクセルを踏む。やさおとこというほどのやさおとこでもない。横顔を盗み見て美波は自分にいい聞かせる。

ヒロミの旦那は前を向いたまま続けた。

「ヒロミから聞いてたから」

「あの、なんて？」

「ひみつ」

そういって笑う。ヒロミは私のことをどう話していたのだろう、と美波は思う。私のことを話すならみよっちゃんのことも話していたはずだ。この人は、みよっちゃんと私をどう区別つけたのだろう。

「みよっちゃん……三好さんのことも聞いてますか」

「うん」

やさおとこが首を傾げたのがわかる。

「誰だっけ」

「ええと、キュ」

キュウリに似ているなんていくらなんでも失礼だ。そんなヒントでこの人がほんとうにみよっちゃんを探し当てたらさらに失礼だ。美波は咳払いをしてから運転席のやさおとこに訊いた。

「ヒロミは帰ってきてるんでしょう、どうして一緒に来なかったんですか」

あ、もしかして、と美波は思った。この車、三人乗ると走らないんじゃないだろうか。

ヒロミの旦那はゆっくりと美波のほうを向いた。雨の中、ヘッドライトが近づく。

「ちょ、ちょっと、対向車来てる！　ちゃんと前見てください！」

「……いなくなったんです」

今度は美波がまじまじとヒロミの旦那の憂い顔を見る番だった。

「ヒロミが？　どうして？　どこへ？」

輝くような光ではない。ただ、発光しているのは確かだと認めざるを得ない。やさおとこから放たれる弱々しく青白い光に車内は浸食されていく。

「わかりません」

「それは、あの、まさか、ヒロミが死んだなんてことじゃ、その婉曲《えんきよく》表現なんかじゃないですよね」

旦那は笑って首を横に振る。

「違います。ただ、ある日突然、いなくなってしまったんです、書き置きを残して。僕はヒロミを捜しに来ました。でもだめだ、実家にも手がかりはない。それで、あなたに――美波さんに捜すのを手伝ってもらえないかと思って」

窓の外には冬の雨が降り続いている。ワイパーがうまく動かないから視界が狭い。相変わらず車の中だけ異次元の世界みたいに思えた。

## 2

手紙があったんですよ、とやさおとこはいった。降りしきる雨の中、車は国道を引き返し、美波の家の近くまで来ていた。ガードレールに寄せて停まっている。

「ヒロミの置き手紙ってこと？」

タコメーターの辺りに目をやったまま、やさおとこがうなずく。ギアはニュートラルに入っている。

「手紙なんて一度もくれたことがなかったのに。皮肉なものですよね。ふ」

ふ、はやさおとこの苦笑いだった。

「僕が出しても返事もくれなかったんだ。出て行くときになって、今さら手紙なんて、ね」

ほんとうだ。今さら手紙なんてだ。ヒロミ、何考えてるんだ。

ヒロミが手紙を書く柄じゃないことはよくよくわかっている。何をするでもなく毎日のように会っていた頃のヒロミといえば、ジャージをはいて、よく少年漫画を読んでいた。漫画に飽きると他愛もないことを喋っては笑いあう。手紙なんて出る幕もなかった。メールだって同じだ。もしもあの頃メールが今ほど盛んだったとしても、ヒロミは使いたがらなかったに違いない。会って話せばいいじゃない。あたりまえのようにそういったはずだと美波は思う。

そう、話があるなら会って話せばいいと美波も思っていた。でも、会わなくなって久しい。今はずいぶん遠いところにいる。いや、遠いかどうかさえわからない。どこにいるんだ、ヒロミ。会わない間に手紙なんか書く「柄」に変わったのか。やさおとこの隣にいると、美波のよく知っていたヒロミも、そしてあの頃の美波自身までも、輪郭があやふやになっていく感じがした。

激しい雨が車の屋根を叩く音だけが響いている。まるで雨の中にすわっているようだと美波は思う。少し先の電信柱の街灯が夜を照らし、そこだけ雨がぼうっと浮かんで見える。まだそう遅い時間でもないはずなのに、寝静まった町でやさおとことふたりだけ、起きて話しているような心持ちになった。

このまま、じっと雨の底に沈んでいくのも悪くない、と思いそうになって美波はわざと明るい声を出す。

「その手紙に何が書いてあったの」

ヒロミは何を書いたのか。旦那に宛てたその手紙に何を込めたのか。手がかりはそこにあるはずだ。

「ちょっと待っててください」

やさおとこが少し顔を上げていった。はい、と返事をして、しばらく待ったけれど彼は動かない。何もいわないし、何をするでもない。どれくらい待てばいいのかな、と美波は思った。

「あの、待つって……」

いいかけると、旦那はこちらを振り向き、ちらりと白い八重歯をのぞかせた。

「ああ、ごめん。ヒロミの手紙。そう書いてあったんです」

ちょっと待っててください？　何をどれくらい待つんだヒロミ。はっとする。

「それ、何かに答えた言葉なんじゃないの」

ヒロミの旦那が茶色い目をふたたびこちらに向ける。

「だから、たとえば――借金を返せと迫ったとか」

旦那はしかし、力なく首を振る。

「心当たりがないんです。何を、いつまで待てばいいのか、ヒロミは何をしようとしているのか」

おもむろに顔を伏せ、くぐもった声を出す。

「美波さんに手伝ってほしい。……会いに来てもいいですか、また」

あ、うまい。最後の「また」が特にいい。そもそも「また」にはそこはかとない希望がある。「また」次があると思わせてくれるような、いや、何の次かは知らないが、ともかくちょっと後を引くような「また」であることは確かだった。

美波が唸った二秒後に、旦那は不意に口調を変えた。

「傘ありますか」

「え」

「あいにく僕のはこんなビニール傘だ。これでよければお貸ししますが、きっと美波さんは濡れてしまうね」

美波は傘を持っていなかった。駅で見ているはずだ。家の前まで車で送ってもらわなかったら、バス停から濡れて帰るしかなかった。わかっているはずなのにうまいことをいう。ヒロミの旦那のくせに。

「両手をね、こうして」

やさおとこは左手をギアから離し、右手と一緒に顔の斜め上のあたりまで上げた。狭い車内でそれ以上は上がらない。その位置で、いきなり両腕をぐるぐると回しはじめた。あっけに取られる美波に、

「ほら、こうしてプロペラみたいに回すんです。そして全速力で駆ける。すると、腕がワイパーの代わりになって雨を遮ってくれます。試してみてください」

にっこり笑って両腕を回し続けながらやさおとこはいった。

美波は助手席側のドアを開けた。そこから玄関まで、十五歩ほどをゆっくり歩く。旦那が車の中から見ているかどうかは知らない。少なくともヒロミはそんなばかな

方法で雨を避けたりはしない。くだらない上に、せせこましいじゃないの。雨に濡れるくらいなによ。ヒロミの旦那ならもっと大きく構えなさいよ、と美波は思ったのだけれども口には出さなかった。ヒロミの旦那にがっかりしているというよりは、やさおとこにがっかりしているような気がしたからだ。

家の玄関を開けると、おかえり、と居間のほうから母の声がした。

「たった今、知花ちゃんから電話あったところよ。あんた、電源切ってたでしょう」

わざと歩いたとはいえ、あの短い間にびしょ濡れになった。額に髪が貼りついている。

「なんかいってた？」

居間に入っていきながら訊くと、母は手にしていた湯吞みをテーブルに置いた。

「そりゃ何かはいってたわよ。でもほら、知花ちゃんとこの子、翔太くんだっけ、あの子が電話口でわあわあうるさくてさ」

聞こえなかったのか、と思ってなぜかほっとする。みよっちゃんが電話をかけてきたからといってべつに怖れる理由などないはずなのに。

「ちょっとそれより、なあに、ずいぶん濡れてるじゃない、すぐお風呂に入っちゃいなさい」

「荷物だけ置いてくる」

階段を上りかけると、母の声が後ろから追いかけてきた。

「ヒロミちゃんとこの旦那さん見ましたかって、知花ちゃんいうから」

危うく階段を踏み外しそうになり、下を振り向いた。

「で、お母さん、なんて？」

「あたしはまだだけど、美波は見たらしいわよって」

「……また余計なことを」

小声でつぶやいたのに母は耳ざとく聞きつけたようだ。

「なによ、なにが余計なのよ、お母さんあんたたちの話取り次いであげただけじゃない。これでも気を遣ってるんだからね、美波がヒロミちゃんの旦那さんのこと、いい男だっていってたことは黙っといてあげたんだからね」

「いい男だなんていってないもん」

「いったわよ」

「いってないよ」

自分の部屋に入って後ろ手にドアを閉め、母の言葉を検証する。落ち着け。まず、みよっちゃんはヒロミの旦那を見たかと訊いた。うん。見たかと訊いただけなのだ。今捜しているというふうにも取れなくもないけれど、見たことがあるかくらいの意味に取るほうが妥当だろう。鎌をかけている可能性はあるだろうか。いや、みよっちゃんがそこまでするとは思えない。そして母は、美波は見たらしいとみよっちゃんに答えた。うん。この前の月夜の晩、仕事の帰りにたまたまヒロミんちの前の車の中にいるのを見かけた。そのことを指しているのだ。よし。何の問題もない。抜け駆け？　なわけがない。ただやさおとこがヒロミを捜すために声をかけたのが、たまたまみよっちゃんじゃなく美波だったというだけのことだ。

美波は濡れた上着を脱いでハンガーに掛け、お風呂に入るために階段を下りる。もしかしたら先にみよっちゃんに電話をかけ直したほうがいいかなとも思ったけれど、みよっちゃんはあれで意外に鋭いところがある。藪蛇《やぶへび》になってはかなわない。

お風呂場へ向かうときに見ると、母は居間のテーブルで新聞を読んでいた。美波

を見て顔を上げ、

「なんだか面白くなりそうじゃない」

とにやにやしている。

「なにが」

「あんたたちがよ。ヒロミちゃんとはもう会ったの。なんで友達の旦那がそんなに気になるのかしら」

「あのね、お母さん、話を面白くしたいのかもしれないけど、あたしは関係ない。みよっちゃんだって他に何か用事があったんだよ。世間話のつもりでヒロミの旦那の話を出しただけでしょ」

へええ、とおかしな抑揚をつけて母はいい、新聞に目を戻した。口許はにやにやと笑ったままだ。

それから、お母さん、私はあの人をやさおとこだと思ったの。いい男だなんていってないし、ぜんぜん思ってもいない。そういいたかったけれど、ふと、こないだ話したときに「いい男」という単語がたしかに出たような気もしてきて、美波はそれ以上何もいわずにお風呂へ行った。

夜も更けてから、みよっちゃんは電話をかけてきた。

「まったく翔太ったらいつまでも寝ないんだから」

母がこれから何かしようと企《たくら》んでいる夜に限って、その気配を察してなかなか寝つかないのだという。

「母は何を企んでたわけ」

美波が訊くと、

「だから、電話よ。美波に電話しようと企んでたの」

「そりゃ光栄だわ。まったく素晴らしい企みだね」

みよっちゃんはしみじみとため息をついた。

「ほんとにねえ、美波に電話するくらいがイベントなんだもん、ぱっとしない生活だと自分でも思うわ」

実家にいるとはいっても、昼間は外で働き、夜は家事と育児だ。みよっちゃんのお母さんは腰痛がひどく、そうそう手伝ってもらうこともできないらしい。

「で」

美波が促すと、みよっちゃんはいきなり切り込んできた。

「ヒロミの旦那、見た？」

嘘をつくわけにもいかない。

「うん」

「どこで」

「車の中」

「なにそれ、誰の車」

「よく知らないけど、あの人、夜は車の中にいるんだよ。ヒロミの実家じゃ居場所もないんじゃないの」

いいながら、なんでこんなまわりくどいことをいっているんだろうと思った。旦那に車に乗せてもらった。べつに隠すようなことじゃない。それなのに咄嗟に隠したいと思ってしまったのは、あの中学の頃の感情と似ている。男を持ち込まない。それが三人の暗黙のルールだった。

男？　やさおとこは男なの？　美波は自分の思いつきに驚いている。

「あのさ、ヒロミ、いないらしいよ」

みよっちゃんのひそめた声に、あ、ああ、と曖昧にうなずいた。

「なんだ、美波、知ってたの」

「あ、うん、さっき聞いた。旦那もそのせいで実家に来てるって」

「そっかぁ、やっぱ町内は噂が早いね」

かすかな後ろめたさは、ヒロミに対するものだ。みよっちゃんにはほとんど感じなかった。美波は自分でも思いがけないことを口にしていた。

「旦那に会ってみない？　ヒロミを捜してるんだったら、何か力になれないかな」

一瞬口を噤んでから、みよっちゃんは、うん、といった。どうかしたの？　いつになく積極的じゃない？　指摘される前に美波は慌てて付け足した。

「中学のときの山岸って覚えてるよね。山岸に、色をつけたような感じなんだよ、ヒロミの旦那」

自分でも何が目的なのかわからなかった。ヒロミを捜したいのか、やさおとことと関わる口実が欲しいのか。たぶん両方だろうなと思ってはいるのだけれど。

ファミレスで会うことになった。町に一軒だけのファミレス、全国チェーンではないファミレスだ。明るい店内で翔太がはしゃいでいる。おとなしくしてなさい、とみよっちゃんから何度目かの注意を受けたところに、やさおとこは現れた。

蛍光灯の下で見るやさおとこは陰影が薄れ、なんだかひとまわり縮んでしまったようで美波はちょっと悔しい。みよっちゃんにもっといいところを見せたかったと思う。見せてどうする、とも思うが山岸に似ているといった手前もある。

しかし、みよっちゃんには縮小版やさおとこでじゅうぶんだったようだ。どうも、と挨拶したやさおとこにカクカクとお辞儀をしただけで、美波の隣で固まっている。こういうところはキュウリの頃のまんまなんだなと美波は思う。男の趣味もキュウリのまんまだ。

やさおとこがコーヒーを注文すると、私も、とみよっちゃんが続く。翔太がチョコレートサンデー、美波は中ジョッキだ。しらじらとした灯りに照らされて、やさおとこの妻の話がはじまった。

妻は総菜屋のパートに出ていたという。毎日自転車で元気に通っていたのだそうだ。人間関係で揉《も》めていたような節もない。毎日つつがなく暮らしているつもりだったとやさおとこはため息を吐いた。

「つまり、家を出るような心当たりはないってことね」

美波が口を挟むと、やさおとこは、

「そういえば、前のパートがあやしかった」

と、少し考えるふうに視線を斜めに落とす。キュウリはその仕種にも、ぐっときているらしい。隣の席でもじもじしているのがわかる。

「総菜屋の前は、スーパーのレジのパートに行ってました。でもなぜか、ヒロミのレジばかり壊れたらしいんです。呪われてるんじゃないかとか同僚に変なこといわれて、嫌になって辞めたようでした」

やさおとこは真顔で話す。呪われてるんじゃないよ、力の入れすぎで壊れただけじゃん、だってヒロミの怪力だよ、誰が聞いたってそう思うよ。

「変なことといわれて黙って辞めたわけじゃないでしょ」

美波に訊かれて、やさおとこはかすかに首を傾げる。

「ちゃんと断ってから辞めたとは思いますけど」

「そういう意味じゃなくて」

「……美波」

みよっちゃんに肘で突かれて黙る。周囲に変なことをいわれて黙っておとなしく辞めるようならそれはヒロミじゃない。喧嘩したり騒ぎを起こしたりしないようならヒロミじゃないのだ。妻って、誰だ。美波のぜんぜん知らない女の顔が浮かんで、どこかで何かがずれているような気がしはじめる。ヒロミじゃない。そんなのはヒロミじゃない。

「あの、さっきから妻っていってるけど」

「はい」

「その人、ほんとにヒロミなの？　岡村ヒロミだよ、勘違いしてない？」

「今は中川《なかがわ》ヒロミですが」

「中川ぁ？　だから違うんだ、ヒロミは岡村だもん、ね、みよっちゃん」

「やだちょっと美波、何いってるの、ナマ中一杯で酔っぱらってんじゃないでしょうね」

「だってみよっちゃんだっておかしいと思うでしょ、ヒロミだよ、ドラだよ」

すいません、とみよっちゃんはやさおとこに頭を下げる。なんで謝るのよと毒づきながら、自分はいったいどうして腹を立てているのかと思う。

美波が興奮しているぶん、みよっちゃんは逆に落ち着いてきたらしい。もじもじをやめて、やさおとこに質問を向けた。

「ヒロミとのなれそめは？」

ってあんたは芸能記者か。せめてシナをつくらずに訊いてよ、と思ってから、こういうちょびっとのシナが結婚できるかどうかの分かれ目なのかもしれないと思ったりもする。

やさおとこは照れくさそうに前髪をかきあげて答えた。

「……腕相撲で私に勝ったら結婚してあげるってヒロミが」

「それ、なれそめじゃないじゃん、プロポーズじゃん」

美波が茶々を入れても、意に介したようすもない。

「あのヒロミに腕相撲で勝ったんですかあ！」

みよっちゃんは賞賛のまなざしになっている。

「ちょっとちょっと、わざと負けたに決まってるじゃないの」

水を差す美波に、みよっちゃんはうっとうしそうな一瞥《いちべつ》をくれ、それからまたやさおとこに向き直った。

「あの一回だけです、ヒロミに勝てたのは」

だからそれは八百長だって。結婚したくて負けたんだって。そう思ったがもう黙っていた。みよっちゃんの顔には同情が浮かんでいる。強いヒロミとその尻に敷かれる不憫《ふびん》なやさおとこ。夫婦の力関係を想像しているのだろうと美波にもすぐに読めた。

だんだんどうでもよくなってきた。ヒロミの行方を捜すはずだった。手がかりが欲しくて妻の実家にまで来た旦那。その姿が痛々しかったから、そしてヒロミを捜す手助けをしたかったから、みよっちゃんを誘ってここにいる、はずだった。それなのに、ずれている。何かがずれている。面白くない、といい換えてもいい。ぴたっと合うときこそ面白いのだ。おばあちゃん、そうだよね。

ずいぶん前に亡くなった祖母がよくいっていた。ずれを感じるのが大事なんだ。それと、戻る勇気。ずれてると思ったら、そのまま進んじゃ駄目なんだよ美波。面白くないことになるからね。面倒でも一度戻って、ぴったり合うように直してからまた行きなさい。

今こそ、そのときなんじゃないか。祖母の話がミシンがけの宿題を手伝ってくれたときのものだとしてもだ。ずれたまま進めば進むほど、解《ほど》く手間が大きくなる。わかってはいても、戻るのが面倒で見ないふりをして進み続け、いつも結局は下糸をわやわやに絡ませて泣きつくことになった。

ミシンがけならまだいい。この話のどこがずれているのか、どこまで戻ればいいのか、美波にはわからない。翔太とふたり、話に加われずに時間をやり過ごすことしかできない。

ヒロミの、とみよっちゃんがやさおとこに訊いている。ヒロミの、どこが、と遠慮がちにいいかけて黙ってしまう。ヒロミのどこがそんなによかったんですか。訊くのは野暮《やぼ》だと思う。どこがいいのかなんて簡単に答えられるものじゃない。美波だってヒロミのよさをひとことでいい表すことなんかできない。そもそもヒロミのよさなど意識したこともない。

みよっちゃんの問いかけをやさおとこは察したらしい。

「歩き方かな」

そういって、ちらりと八重歯を覗かせた。

生き方、という意味だろうか。ヒロミの歩んできた道がよかった、そこを愛したのだとこの人はいいたいのか。おそらくこの人はヒロミがドラだったことを知らないのだろうと美波は思う。しかしみよっちゃんはぽかんとしていた。

「のっしのっしと歩くでしょう」

やさおとこが続ける。

「え、あ、ヒロミが？」

「そうです。初めて見たとき、まるでライオンみたいだなって思ったんです。すげえや、ライオンだ、と思った瞬間に、もう引き返せなくなっていました」

思わず美波はやさおとこの顔をまじまじと見てしまった。

のっしのっし。ほんとうにそんな感じでヒロミは歩いた。右足と左足をそのまま前へ出す。二本の足は互いに交差したり譲歩したりすることがない。ふれあうことすらないかもしれない。二本の線の上を独立して進むだけだ。

「あのう、ライオンというと雄でしょうか雌でしょうか」

みよっちゃんがまぬけな質問をする。雄でも雌でもいいでしょう。

「それはもちろん雄です。鬣《たてがみ》があって、いつも悠々と歩いていて、鬣があって、貫禄がある」

今の、鬣があってを二度いったところはわざとだろうか。鬣がそんなに大事だろうか。確かにヒロミの髪は鬣のようにぼわんと広がっていたのだけれど、それさえもこの人の目には雄々しく誇るべきものと映ったのだろうか。

「何が功を奏するかわかりませんねえ」

みよっちゃんがつぶやくと、旦那は深くうなずいた。うなずくところじゃないよと美波は思う。

「僕は狩りに出る。雄ライオンはじっと家を守る。そういうイメージにヒロミはぴったりでした」

狩り？　家を守る？　再び旦那の顔をまじまじと見る。何かおかしい。この人はやっぱりどこかずれている。

「それで、その、ライオンのイメージは守られたの」

やさおとこは美波のほうを向き、ゆっくりとうなずいてみせた。

「だからどうして彼女が突然いなくなったのか、僕にはわからないんです。僕たちはライオンの雄と雌のようにうまくいっていた。三好さん、美波さん、もしも何か知っていたら教えてもらえませんか」

やさおとこの少し鼻にかかったような甘い声を聞きながら、美波は思っていた。なんとなく、わかる。ヒロミがやさおとこの元を飛び出したくなった気持ちが、うっすらと。

この男は本気じゃない。本気なら、こんな甘い声は出せないはず。本気なら、妻の古い友達相手にライオン夫婦の話なんかしてる場合じゃない。

そろそろ限界だった。翔太が飽きて店内をうろうろしはじめている。

車で来たから送るというやさおとこを断って、歩いて帰ることにした。名残惜《なごりお》しそうなみよっちゃんと、翔太も一緒だ。チョコサンデーをおかわりしたかったと唇を尖らせる翔太にも、みよっちゃんは、うん、ああ、そう、と生返事だ。

「ライオンの雄と雌だって」

誰にともなくつぶやいている。

「ロマンチックだよね」

「え」

見ると、みよっちゃんは口許に笑みを浮かべ、目を潤ませていた。何かおかしい。この人もどこかずれている。

「どうしちゃったのかなあヒロミ」

うん、と短く答えて美波はみよっちゃんの出方を待った。

「あんな旦那ちょっといないよねえ」

うん、とまた美波はあたりさわりのない返事をする。たぶん、美波とみよっちゃんとでは「ちょっといない」「あんな旦那」の像が著しく違っている。

町内の最初の十字路で、みよっちゃんと翔太は右に、美波は左だ。

「じゃあ」

「うん、またね、おやすみ」

「おやすみ、翔太」

手を振って別れ、歩き出しても気持ちも足も重かった。ひとりなんだなあと美波はつくづく思い知らされている。ヒロミがいなくなって、やさおとこが現れ、みよっちゃんがふらふら追いかける。気がつけばまわりではどんどん事態が進んでいって、いつのまにか自分だけが取り残される感じ、それを美波はいつも味わってきた。先を行ったヒロミやみよっちゃんを羨むわけではない。戻ってきたり、いなくなったり。なかなか思うようにはいかないらしいということもわかってはいる。それでも、ずっと実家で安穏《あんのん》と暮らしている自分のほうがしあわせだという自信はない。ほうが、もおかしい。比べるものじゃない。先に行くのがしあわせなのか、置いていかれるのがしあわせでないのか、少なくともヒロミやみよっちゃんを見る限り、まだわからない。

それにしても、だ。夜道を歩きながら美波は思う。やさおとこはくせものだ。だいたい、捜す協力をしてほしいといいながら、小出しにするヒロミの手がかりはどれも大した意味のないものばかりだった。ヒロミは緻密《ちみつ》でもないし計算もできない。どこかへ行ってしまうとしたら、手がかりのひとつも残さないはずがない。むしろぼろぼろと部屋のあちこちにこぼしていったはずだった。あの旦那がそれを拾って灰皿かどこかにねじ込んでしまっている。そんな気がしてならなかった。

狭い道の向こうからヘッドライトが近づいてきて、美波は道の端に避《よ》ける。やさおとこはもう帰り着いただろうか。このまま歩いていけば、ヒロミんちの前を通ることになる。あの古い車に出くわしたらどうしようという気持ちの陰で、会えないだろうかという思いが古い蛍光灯みたいに点滅する。もう一度会ったらちゃんとヒロミのことを聞くだろう。今度は、ライオンではない、ヒロミとの生活を聞きたかった。

角を曲がるとすぐ先にヒロミんちが見えた。やっぱりだ。車はまだない。歩いたほうがかえって早い距離だ。ファミレスの駐車場でかからないエンジンを騙し騙し何度もかけようと試みているやさおとこの姿が浮かぶようだった。

家の前を通り過ぎようとして、はっとした。暗がりに小さな影が動いたのだ。誰かいる。目を凝らすと、子供だ。三つか四つか、正確な歳は美波にはわからないけれど、そのくらいの子供がぽつんと立っていた。男の子か女の子かもわからない。どちらといっても通用するような、こぢんまりと整った顔をして、誰かの帰りを待つように側溝の手前から通りを窺っている。

やっぱりだ、とふたたび美波は思った。やっぱり、やさおとこは手がかりを隠していた。子供がいた。やさおとこにそっくりの、まるで小やさおとこ（もしくは、やさおんな）だ。どうして子供がいることを話さなかったのか。身ひとつで家を飛び出すのと、こんな幼い子を残して出るのとでは動機の深さが変わってくる。

でも、これで、たとえばパート先でおかしないいがかりをつけられたとか、やさおとこと些細《ささい》ないざこざがあったとか、そのくらいのことで家を出たのではないことがわかる。そもそもヒロミなら、自分が消えるよりも相手に消えてもらうほうが手っ取り早いと考えただろう。そこへ子供という重石《おもし》が加われば、自分が消えるなんてますます考えなくなるんじゃないか――。

止めていた足がようやく動き出し、ヒロミの家の前を離れながら、笑いがこみ上げてくるのを抑えることができない。ふふふふ、と連続した笑いが喉を伝って頬を震わせる。

「そっくりじゃん」

声に出すとなおさらおかしく思えてきて、歩きながら美波はひとしきり笑った。顔の形も目鼻立ちも、撫で肩で胸板の薄いところも、それに何より身体全体から醸し出される雰囲気がそっくりだった。覇気のない感じ、でも笑うと可愛い感じ、ときどきはちょっと色っぽい感じ。

それから美波ははたと立ち止まる。ヒロミの家の前から、電柱三本分。ここを左に折れれば、美波の家はすぐだ。そこに立ち止まったまま、首だけ捻って後ろを振り返る。暗くてもう子供の姿は見えないが、きっとまだあそこにひっそりと佇んでいるのだろう。そっくり、ともう一度いってみる。たしかにそっくりだった。やさおとこにほとんど生き写し。そして、ヒロミにはまったく似ていなかった。

## 3

笑うのは身体にいいという。身体に溜まっていた毒が、発散されて外に出ていくんだそうだ。ほんとかなあ、と美波は思う。夜道を歩きながらたくさん笑った。でも、毒を出したのと入れ替わりに、その空いた穴を埋めるように何か妙なものを取り込んでしまったみたいだ。

やさおとこの帰りを暗い家の前で待っていた子供。見た瞬間は、その瓜ふたつぶりに思わず笑いがこみ上げたのだけれど、こうして家に帰り着くまでの短い間になんだかしんみりしてしまった。もうひとつの瓜はヒロミではない。ヒロミとは似ても似つかなかった。顔だけじゃなく、風情《ふぜい》も、仕種も、何から何までやさおとこだった。ヒロミはそれを手放しで喜べたのだろうか。私なら、と考えて美波はちょっとさびしい気持ちになる。自分にも少しくらいは似ていてほしいと願ってしまうんじゃないだろうか。

美波には空想することしかできない。自分の産んだ子供が自分にまったく似ていなくても、愛する夫に似ていたならそれで満足できるものだろうか。そういう気持ち、子供を産めばわかるのだろうか。

そう考えて、はあ、とため息をひとつ吐く。その前に、妊娠、いや、さらにその前に結婚しなくては話にならない。べつに結婚したくないわけじゃないけれど、結婚したいとも思えない。道のりは遠いなあ。

「なあにそのため息、しめっぽいわねぇ」

玄関を開けるなり母が立っていて、美波は面食らった。

「あんた、携帯忘れたんだって？　ヒロミちゃんの旦那さんから、今、電話あったわよ」

慌てて鞄を探ると、確かに、ない。さっきのファミレスに置いてきてしまったのか。四人でいるときに一度メールの着信があり、それを確かめた折に、さして急ぎでもなかったのにその場で返信した。われながら大人げない、やさおとことみよっちゃんへのあてつけだったと美波は思う。

「このまま届けてくれるって。親切な人じゃない、よかったわね——」

しまいまで聞かず、入ってきたばかりの戸を開けて表へ出た。古いセダンが家の前で停まるところだった。美波は運転席側の窓へまわった。

「わざわざありがとう」

「すぐそこですから」

「でも早く帰らないといけないんじゃない？　待ってる人がいるみたいよ」

美波がいうと、やさおとこの両眉がぴょんと跳ね上がった。

「ヒロミ？　ヒロミが帰ってきたんですか？」

その子供みたいな喜びように美波の胸はちりりっと痛んだ。

「違うよ、ヒロミじゃない。もっと小さい待ち人がさっき家の前に立ってた。早く帰ってあげないとかわいそうだよ」

美波がいうと、やさおとこは、ああ、ああ、と薄ぼんやりした声を出す。

「あのさ」

思い切っていった。ちょっと早口になった。

「ヒロミの子供のこと、なんで隠してたの」

やさおとこは運転席にすわったまま目だけを上げ、それからゆっくりと首を左右に振った。

「違うんです」

「何が違うのよ、隠してたじゃないの」

「違うんです、あの子はヒロミの子じゃありません」

「へ」

「そもそも母親が誰なのか、騒動になったくらいです」

そういってやさおとこは伏し目になる。

「ていうか」

美波は憤然と口を開き、どこから糾弾していいのか迷ってしまって口をぱくぱくさせた。

「ていうか」

ふたたび口を開くと、あとは一気呵成《いっきかせい》だった。

「父親がわからない子供ってのは聞いたことあるけど、母親のわからない子供って、それ、ありえないでしょう。だってお母さんってのは産むんだよ？　誰から生まれたかわからない子なんて絶対いないって」

やさおとこは鷹揚《おうよう》にうなずいている。

「絶対いないでしょうね」

「や、だって、今、誰が母親かわからないって」

「僕がわからなかったというだけで、母親のほうではわかっていたんです。だってお母さんっていうのは自分のお腹を痛めて産むわけですから」

「それは今あたしがいった！」

「ヒロミと暮らしはじめてしばらく経った頃でした。昔つきあってた女性たちが何人かでアパートに遊びに来たんです」

「ちょっと待って、それってどういう状況」

「僕とつきあった女性たちは、なぜか別れた後に女性同士で親しくなるみたいなんです。連れ立って飲みに行ったりもしているようで、酔っぱらった彼女たちから電話があって、次々に昔の彼女たちの声を聞かされたこともあります」

美波の知る限りでは、過去代々の女たちが集まったり仲よくなったりするのは、男がどうしようもなく駄目なやつだったときに限られる。あいつはここがこんなに駄目だった、あそこもあんなに駄目だった、とそれをネタに盛り上がることができるのだ。

きょうだいだよね、と笑う中学生の頃のヒロミがフラッシュバックする。このときもヒロミは突然現れた女たちをきょうだいだと笑えたのだろうか。——そんなはずがない。ヒロミ、大変だったね、と美波は呼びかけてみる。どこにいるのかわからなくなってしまったヒロミへ。

「アパートに押しかけてきた女性たちの中のひとりが赤ん坊を抱いていました。しばらく部屋でお茶を飲みながら和やかに話していて、ちょっと目を離したすきに、その赤ん坊が置き去りにされていました」

「どういうこと？」

「あらかじめ計画されていたんですね。彼女たちのうちの誰かが母親で、でも僕が父親だなんて思いもしなかった。慌てて彼女たちと連絡を取ろうとしたけど、すでに誰とも連絡がつかなくなっていました。そうしたらヒロミが」

やさおとこはそこでいったん言葉を切り、ふわっと穏やかな口調になった。

「この子はあなたの子に違いないって。だから大事に育てようって、そういってくれたんです」

誰でもあの子がやさおとこの子供だということはわかる。たとえば小学校のグラウンドに児童と保護者がごちゃ混ぜにされて、その何百人の中から親子と思われる者同士を線で結べ、と問題が出されたとしても、誰でもやさおとこペアだけは確実に正解できるだろう。誰でもだ。

だけど、問題はその後だ。誰でも、大事に育てようといえるだろうか。

「僕はたしかに複数の女性と同時につきあっていました。でも、ヒロミと出会ってからはそれはない。ヒロミしか見えなかった。彼女たちはそれを妬《ねた》んだのかもしれない」

ちょっと違うような気がする。赤ん坊を託すなんて確かに度が過ぎているし、悪意も含まれていたかもしれない。でも、もともと赤ん坊はやさおとこの子なのだ。押しつけられて文句をいえる筋合いではない。もちろん、やさおとこは、だ。ヒロミには文句をいう権利がある。やさおとこに愛想を尽かすことだってできる。できたはずだった。

「それで、そのまま育ててるの？」

「はい。先月で三歳になりました。ごたごたしましたが、きちんと手続きをして、あの子は法的にもうちの子です」

「……実の母親は？」

「置き去りからひと月ほどして、赤ん坊を返してほしいと彼女たちがやってきたんです。でも追い返しました」

「なんでよ」

「赤ん坊を人に預けて一か月も引き取りに来ないような母親なら私のほうがずっとマシだってヒロミがすごい剣幕で」

ほほう。美波は唸った。ヒロミにすごい剣幕で怒鳴られたら、たいていの女なら引き下がる。男でもだ。

「怒鳴られたくらいで尻尾巻くなんて、ってヒロミ——泣いていました」

「はあ？」

嘘だ。ヒロミが泣くなんて、ぜったいに嘘だ。幼稚園に上がる前からの友人で、小学校ではずっと同じクラスだった。中学を出るまで毎日のように会っていた。それでも美波はヒロミの泣いた顔を一度も見たことがない。

玄関の戸が開く音がして、美波が振り返るのと同時に、母のよそゆきの声がした。

「上がっていただいたら？」

「……いいよ、入ってて」

「そんなところで立ち話もなんだし、どうぞ上がっていらして」

わかっている。母はヒロミの旦那の顔をひと目見たくて出てきたのだ。

「これで失礼しますから、夜分にどうも」

やさおとこが意外にソツのない応対をする。それから、美波のほうを見て、

「もっと必死になってほしかったんだそうです。怒鳴られて引き下がるようじゃ、あの子が不憫だって泣いてました」

そういうと、それじゃ、と美波の母に目礼し、やさおとこは車を出そうとした。

「待って、ヒロミ、わんわん泣いたの？　それとも、ほろっと？　しくしく？」

ヒロミが泣くなんて今生一度きりだ。聞いておきたいではないか。しかしやさおとこはちょっと首を傾げて微笑んだ。

「声も涙も出てませんでしたよ」

「じゃあ、どこで泣いてるってわかったの」

「ハートで」

「ていうか」

今夜、何度目の「ていうか」だろう。ていうか、それ泣いてないじゃん！　そういおうとしたときには、やさおとこのおんぼろ車は走り出していた。

だよなあ。ヒロミが泣くわけないもんなあ。玄関のほうへ戻りかけて、美波は自分のほうが泣きたくなっていることに気づく。ヒロミが不憫だ。泣くわけがないなんて思われて、ほんとうに泣くわけにいかなくなって、どれくらい堪えてきたことだろう。涙を流さなくても泣いていることに気づいてくれる人がそばにいて、ほんとうによかったと思う。

玄関を入ると、母がにんまりと立っていた。

「なるほど、あれが噂の旦那ねえ。ヒロミちゃんもやるじゃない」

ああ、そうね、と生返事だけで美波は階段を上る。

ひょっとするとヒロミとはこのまましばらく会えないかもしれない。その思いがむくむくと大きくなっている。そんなふうに大事にしてきた子供を置いていなくなるなんて、よほどのことじゃないか。そう思うと気分が暗くなった。いつもなら、暗くなりかけた気分を自分で少し持ち上げる。なんというか、ゆるやかに調光器のつまみを回す感じだ。すっかり暗くなってしまう前に自分で調整しておかないと、後がつらいのだ。この頃は、仕事に行っても、人と会って齟齬《そご》があっても、暗くなることはあまりなくなった。感情は喜怒哀楽に分けてしまえばすっきりする。悲しいのかさびしいのか切ないのかよくわからないままどんよりと暗く沈む感情は名前のつけようがなくて、だから簡単に切り替えられない。

「ヒロミのせいだよ」

美波はひとりの部屋で口に出してみる。ヒロミとはもうずいぶん会っていなかったじゃないの。それなのに、今さら会えないからってどうしてこんな気持ちになるんだろう。

夜中の電話で起こされた。携帯ではなく、家電《いえでん》だ。普段だったら家電は母に任せて、毛布をかぶって眠ってしまうところだけど、なんとなく、予感があった。美波はベッドを飛び出て階段を駆け下り、居間で鳴っている電話を取った。

「……もしもし、美波さん？」

果たして、やさおとこだ。声の調子が明るくて、ほっとした。

「見つかったのね？　無事なの？」

「元気みたいです、さっき本人から電話がありました」

「どこに？　どこから？　どこにいるって？」

矢継ぎ早に訊こうとする美波に対して、やさおとこは落ち着いていた。

「今、アパートだそうです。帰ってみたら誰もいないのでびっくりして実家へ電話をかけてきたらしくて」

「もしかして……携帯持ってないの」

「ええ、僕もヒロミも」

やさおとこはしれっと答えた。今どきふたりして携帯を持っていないなんてすごい夫婦だ。

「ヒロシはもうぐっすり寝ちゃってるんで、これから僕ひとりで迎えに行って、またここへ戻ってこようと思います」

ヒロシというのがあの子の名前か。ということは男の子だ。いや、そんなことより、ヒロミの息子だからヒロシか。やさおとこの名前は知らないけれど、その名付け方ならきっとヒロミもヒロシも大事にされているんだな、と思う。

「夜中にごめんなさい、一刻も早く知らせたくて」

やさおとこが殊勝に謝っている。夜中に起こされても、ヒロミと連絡がついたと知らせてもらえるほうがうれしい。でも、美波はそれはいわなかった。

「よかったね」

それだけいって電話を切ろうとした。

「あ、美波さん」

耳を離れかけた受話器からやさおとこの声がする。耳に戻すと、一拍置いて、

「……ありがとう。美波さんがいてくれて、よかった」

くすぐったい声が聞こえた。相変わらずうまい、と思ったけれど、もちろんそれも口には出さなかった。

なんですぐに教えてくれなかったのかと電話の向こうでみよっちゃんが怒っている。

「だって夜中の一時だったんだよ」

「メール入れといてくれたらよかったじゃない」

メールを見るのはどうせ今朝だ。たいして変わらなかったと思う。たぶんみよっちゃんはやさおとこからの電話が自分ではなく美波にかかってきたことが面白くないのだ。

「あたしこれから仕事だもん、あ、もう出なきゃ。なんにもわかんないまま会社行くのやだよお、美波、実況報告頼んだからね」

「だから、みよっちゃん、あたしも仕事だって」

「じゃあ誰がヒロミの帰還を見届けるわけ？」

話しながら、コートを着たり、鞄の中身を確かめたりしているのだろう、ばたばたと落ち着きなく動き回っている様子が携帯から漏れてくる。ウッと小さく息を詰める声が間に挟まった。たぶん今ブーツのファスナーを上げたのだ。

「とにかくこれから出かけちゃうから、また何か動きがあったら知らせて」

動きがあったとしても、それが私たちのところへ伝わるだろうか。保証はない。

「あのさ、今日、夜、ヒロミんちに行ってみない？」

美波がいうと、みよっちゃんは考えているふうだった。

「いきなり行ってもいいのかな」

「……いいんじゃないかな」

「そう、だよね、うん、そうだよ。近所なんだし、行ってみようか」

帰ったらお互いに連絡することにして、電話を切る。いきなり訪ねてもいいものかどうか、ほんとうはわからない。いいに決まっている、と思いたい。

夜、残業をせずに急いで帰ってみよっちゃんと会う。

「遅いよ美波」

コートのポケットに両手を突っ込んでみよっちゃんが白い息を吐く。今日は翔太はついてきていない。どんな場面に遭遇するかわからないから、という。いくらヒロミだって十年ぶりに会う幼なじみを前に暴れたりはしないだろう。

「泣いちゃうかもしれないし」

「って誰が」

訊くと、みよっちゃんは憮然《ぶぜん》とした顔になった。

「あたしが。だってドラ、無事に戻ったんでしょ。なんかあたし、どんな顔して会ったらいいんだかわかんないよ」

美波にもわからない。十年ぶりにヒロミに会ったら自分がどんな顔になるのか、早く見てみたい。

「変わっちゃってたらどうしよう。だいたい、すぐにドラだってわかるのかな」

「そりゃわかるんじゃない」

「あたしたちが行くって知らせてないわけだからさ、もしかすると今この辺を歩いてるかもしれないんだよね」

そういってみよっちゃんはあたりを見まわした。

「あっ、あれは？　向こうから来るあの人、ちょっとドラに似てない？　ドラじゃないの？」

みよっちゃんは足をぴたりと止め、美波の腕に腕を絡ませた。ヒロミだったからといってそんなに緊張することはない。そう思う美波の心臓も早打ちしている。

「ちょっとちょっと、ドラ、痩せたね？　なんか感じ変わったよね」

立ち止まったまま、みよっちゃんがささやく。向こうから歩いてきた女は、美波とみよっちゃんには素知らぬ顔で通り過ぎていった。その後ろ姿を目で追いながらみよっちゃんがさらに声をひそめる。

「ドラったらあたしたちに気づかなかったよ！」

「違うじゃん、みよっちゃん、別人だよ。あれ、たしか坂井《さかい》さんちの下の女の子だよ」

「え」

みよっちゃんは通り過ぎていった人を大きく振り返り、感心したような声でいう。

「道理で似てないと思ったよ。へえ、坂井さんちの。へえ、大きくなったもんだねえ」

いつのまにかヒロミんちの前まで来てしまっていた。車はあった。あの古い車だ。だいじょうぶ、まだやさおとこはいる。ということは、ヒロミもいるということだ。このあいだの晩、小やさおとこが潜んでいた辺りに目をやり、そこに誰もいないのを確認してなぜかほっとした。あのときのまま、ここにあの子がいるわけはないのに。これから、この家の中にいるだろうあの子と対面することになるのに。大きくひとつ深呼吸をした。

玄関のドアに手をかけようとしたそのとき、中からドアが開いた。

「やあ、当たりだ、ほんとうに三好さんと美波さんだった」

やさおとこは微笑み、それから今度は玄関の中へ向かって、

「なんでわかったの、ヒロミ」

と呼びかけた。ドアは押さえたままだった。もう一度美波たちのほうへ向き直り、

「ちょっと出ませんか」

「え、あの、ヒロミは」

「来ます、今」

ほんとうに？　このドアの向こうにヒロミが？　やさおとこが片手で支えているドアの奥を覗き込もうとして、隣のみよっちゃんとおでこをぶつける。

よお、と懐かしいドラ声がして、中から現れたのは昔とぜんぜん変わっていないヒロミの姿だった。豪快な目鼻立ち、ぼわんと広がった髪、がっしりした体つき。おまけにやっぱりジャージを着て仁王立ちだ。おかしいくらいヒロミだった。

「ちょっと、家で話すと、ほら、あれだから」

言葉を濁したのは、小やさおとこを気遣ってのことだろう。幼い耳に入れたくない話もあるのだ。というよりも、もしかしたらそんな話ばかりになるのかもしれない。

それで今、ファミレスにいる。

席に案内されるや、ヒロミがいきなり話し出した。

「ずっとヒロシをかわいがってきたんだ。なんにも疑ってなかった」

他の三人は黙ってヒロミを見ている。

「それなのに、急に不安になった」

みよっちゃんが口を挟もうか挟むまいか迷っている。と思ったら、やっぱり訊いた。

「ヒロシって、旦那さん？」

「違うよ、子供」

ヒロミのそっけない返事に、みよっちゃんが、え、の形で口を開いている。子供がいるなんて知らなかったのだ。まったく残念だ。実物を見せてあげたい。あまりにやさおとこに似ていて思わず噴き出すみよっちゃんの姿が目に浮かぶようだ。

「ほんとうにこのままヒロシをいちばん大事に思って育てていけるのか。そんなこと考えたこともなかったから、どうしたらいいかわからなくなった」

ヒロミの隣で黙っていたやさおとこが補足する。

「ヒロミ、妊娠したんだそうです」

「二人目？　おめでとう」

みよっちゃんが明るい声を出し、「二人目」ではないことを知っている美波は、おめでとう、と便乗するにとどめた。

「自分の子だと思って育ててきたんだ。だけどさ、今お腹にいる子がこれから生まれてきたら、気持ちに差がついたりするのかなって。不意に思いついてすごく怖くなった。そんなのぜったいゆるせないじゃん」

みよっちゃんの口がまた、え、の形になっている。

「ほんとうに産んでいいのか、ひとりになって考えたかった。ちょっと頭を冷やしたかったんだ。ちょっと、って書き置きしたつもりだったんだけど――心配かけて、ごめん」

ヒロミが小さく頭を下げたとき、ウエイトレスが水を運んできた。みんな無言でメニューを開く。

不安だとか、怖くなったとか、あのヒロミの口から出た言葉だとはとても思えない。ここにいるヒロミは私の知ってるヒロミじゃない、と美波は確信している。見た目は同じでも、もう昔のヒロミじゃない。

「ヒロミに怖いことなんか何ひとつなかったのにね。どんなことがあったって心配したこともなかったよね」

いいながら美波は、自分のことなら、と付け足したくなっている。いわずもがなだ。ここにいる全員がそんなことは知っている。ヒロシのことだから心配したり怖くなったりするのだ。ヒロミは別人に――お母さんになったのだ。

いつも、どこにいてもはみ出していたヒロミが、ここにぴたりと収まっている。無理にでも窮屈そうにでもなく、のびのびと居心地のよさそうなヒロミを見て、美波はなんだか羨ましいような気がしている。

でもさ、とみよっちゃんが鼻声でいう。見ると、目に涙を溜めているのだった。

「げ。みよっちゃん、なんで泣いてんの」

「だって、ドラ……ヒロミがいなくなって、旦那さんすっごい心配してたんだから。もうこんなことしないって約束してほしいよ」

って誰に。みよっちゃんに約束するのか。美波がふたりの顔を見くらべていると、ヒロミがふっと表情を崩し、はっきりとした口調でいった。

「約束は、できないよ」

みよっちゃんは一瞬目を丸くして、それからぱちぱちと瞬きをした。

ウエイトレスが注文を取りにきて、そこで話は打ち切りになった。あとはそれぞれが他愛もないことを喋り、ごはんを食べた。

「産むかな」

ヒロミとその旦那と別れた帰り道、白い息を吐きながらみよっちゃんがいう。

「そりゃ産むでしょ」

「だよね」

「そんで今度はヒロコなんて名前つけるんじゃないのかな」

うん、とみよっちゃんが笑い、昔さあ、と下を向いたまま続ける。

「三人で職員室に呼ばれたことがあったじゃない」

「あったね」

ありすぎて、いちいち覚えていないくらいだ。

「ほら、工場の裏の空き地のさあ」

一瞬、目の前が鮮やかなオレンジ色に染まった。

「ああ、セルロイドの、オレンジの」

そうだ、そんなことがあった。帰り道にちょっと遠回りすると――それがすでに校則違反らしいのだが――町工場の並んだ一角があって、三人で喋りながらその辺りをよくぶらぶら歩いた。ある日、その裏手にセルロイドの玩具の切れ端のようなものが大きな透明の袋に詰められて山と積まれていた。何あれ、不法投棄じゃないの、とかなんとか口々にいい合いながらそこへ近づいたとき、抑えようもなく胸が高鳴っていた。目を奪われるようなオレンジ色のセルロイドが集まって、そこだけがポップで華やかな、うんと楽しい場所に見えた。おそるおそる袋に手を伸ばした。それからはあっという間だ。ぱんぱんと袋の上から叩いたり引っ張ったりしているうち、当然のように袋からセルロイドを出してみたくなった。ここにこのオレンジをぶちまけたら、そしてそのまんなかに自分がすわったら世界がぴかぴか光って見えるだろうなあと思った。いうまでもない。気がついたら袋の口は開いていて、三人でいくつもいくつも逆さまにした袋の中身に埋もれてげらげらと笑っていたのだった。

翌日、職員室へ呼ばれた。ちょうど懇談会の前だったか試験の前だったか、とにかく教師のぴりぴりしている時期だった。担任と学年主任と生活指導部とに囲まれてさんざん説教を聞かされ、すみませんでした、反省しています、と何度も頭を下げさせられた。一段落したところで、それまで黙っていた学年主任が口を開いた。

「もうやらないな？」

ほっとした。経験上わかっていた。学年主任のひとことが合図なのだ。これで終わりだ。もうしません、で放免だ。しかし、美波が、もうしませんの「も」を発する前に、隣に立っていたヒロミがドラ声で、

「わかりません」

といったのだった。これで終わりだ、と美波はふたたび感じた。直前に感じたのとはべつの意味の終わりだった。

「どういうことだ、おまえらはまだ反省してないのか」

担任の声がひとまわり大きくなる。おまえらって複数形にしないでください、とみよっちゃんが思っているのが美波のほうまでじんじん伝わってきていた。

「だって、またあんなところにあんなきれいなもんが落ちていたら――」

「は、はんせいしてます！」

ヒロミがいいかけたのを遮るようにみよっちゃんが声を張り上げる。

まあ、たしかに、と美波は反省のポーズでうなだれながら考える。またあんなところにあんなきれいなもんが落ちていたら、そりゃあ開けてみたくなるよ。無機質なコンクリートにカラフルなセルロイドってすごく鮮やかだった。何の色もない退屈な町が、突如、明るく輝いたのだ。きゃあきゃあいいながらまた三人で次々に袋を開けるだろう。それがあたりまえなんじゃないか。絶対にもうしないなんていえるわけがないじゃないか。

「でもさ、いえちゃうんだよね」

凍えるような夜空を見上げてみよっちゃんが小さく笑う。美波もうなずく。いえないのは、昔も、今も、ヒロミだけだ。色味のない道を歩いていて、セルロイドの袋を見つけながら、素通りすることができるんだろうか？　そう思っていた頃は遠い彼方だ。分別はついた。それを悪いとは美波は思わない。でも、「もうしません」ということのできないヒロミがまぶしいのも事実だった。

「……一杯だけ飲みに行かない？」

美波が誘うと、みよっちゃんは一瞬迷うような表情になり、それから申し訳なさそうに微笑んだ。

「ごめん、翔太が起きて待ってるといけないから」

「そうか、そうだよね、ごめんごめん」

みよっちゃんもお母さんになったのだ。じゃあね、と手を振って別れる。みよっちゃんは右に、美波は左に。まあ、しかたがないか。みんな帰るべき場所がある。私の場所もきっとある、と美波は思う。いつか出て行くことがあるとしても、ここでもう少しがんばってみよう。私は私でしあわせになれるんだったよね、おばあちゃん。

黒というよりは濃い濃い紺の空に、砂粒みたいな星が瞬いている。おうい、と後ろから声がした。振り向くと、みよっちゃんが白い息を吐きながら駆けてくる。

「どうしたの」

「あのさ、やっぱりさ、一杯だけ、行こうか」

うん、と美波はうなずいて、今来た道を戻りはじめる。ヒロミも誘おう。一杯だけ、とやさおとこからヒロミをかっさらっていこう。

「妊娠初期は、お酒、駄目なんだっけ」

「じゃヒロミはウーロン茶だ」

「ざまあみろヒロミ」

「思い知れヒロミ」

何を思い知るのかわからないけど、美波はそっと後ろを振り返る。もしもヒロミに聞かれていたら怖いからだ。だいじょうぶ、ヒロミはやさおとこと車で帰った。あるいはもう、ヒロシの待つ暖かい部屋の中だろうか。十年に一杯だけ三人でお酒を飲むくらい、バチは当たらないだろう。美波はみよっちゃんとふたり、ヒロミの家を目指して歩いていく。

# 解説

長江《ながえ》貴士《たかし》
（マルノウチリーディングスタイル）

不遜《ふそん》な言い方をすると、宮下さんは僕のお陰で書店員に名前が知られるようになった。

こんな書き出しから始めるのは、宮下さんを面白がらせたいからだ。きっと今、宮下さんはこの文章を読んで、「そうそう！」なんて言いながら笑ってくれている、と思う。

始まりは、『スコーレNo.4』だった。詳細は省くが、僕が提案した『スコーレNo.4』が、当時Twitter上でやり取りしていた書店員たちが店頭で一斉に仕掛ける書目に決まったのだ。この動きがきっかけで、「宮下奈都」という存在を多くの書店員が知ることになった、はずだ。

今でこそ多くの人に知られている宮下さんだが、この当時はまだ知る人ぞ知る、という小説家だった。僕自身、『スコーレNo．4』を読んだ時点で、「小説家・宮下奈都」を認識していたわけではない。なんとなく手にとっただけだ。

また、今でこそこうして解説の執筆に声を掛けていただけるような書店員だが、僕自身、当時は誰にも知られていなかった。Twitter上では有名な存在、というわけでもなかった。なにせ『スコーレNo．4』を提案した際、僕はTwitterを始めてまだ2ヶ月ぐらいだったのだ。

『スコーレNo．4』の盛り上がりに合わせて、宮下さんも僕も、ほとんど無名の状態から、書店員に存在を知ってもらえるようになった。まさにこの瞬間、我々は「つぼみ」になったと言っていいだろう。

その後、「つぼみ」から花が咲く瞬間も、宮下さんと僕は結果的に歩調を合わせる形となった。

2016年4月に発表された本屋大賞の受賞作は、『羊と鋼の森』だった。書店員から熱く支持されていた宮下さんではあったが、自身もインタビューなどで語っていたように、世間的には「無名」だった。受賞後50万部を超えるベストセラーとなった『羊と鋼の森』の初版部数がたったの6500部だったというのも、「無名」

という表現を裏付けるだろう。宮下さんは、本屋大賞の受賞で世間に大きく名が知られるようになったこの瞬間に、大きく花を咲かせることになった。

その3ヶ月後の2016年7月。同列で語る規模ではないが、僕自身も世間に名前を知ってもらえる機会となった「文庫X」という企画をスタートさせた。誠に勝手ながら、宮下さんに対しては、「つぼみ」になった瞬間も、花を咲かせたタイミングも同じだという仲間意識みたいなものを持っている。

思えば、僕の人生の転換点には、いつも宮下さんがいたように思う。それは、『スコーレNo.4』を読んでいた時、僕は何かを探していた。それは、「店頭で勧める本を探していた」という実際的な行動でもある。しかし一方で、何もない、なんでもない自分の人生を変えるための「何か」を探してもいた。何を探しているのか、自分でも判然としていなかった。分からないまま、何かを探さなければならないという漠然とした強迫観念が、常に頭の片隅にあった。そんな時に読んだ『スコーレNo.4』は、探していた「何か」に収まるような感覚を与えてくれた。

2015年、僕は縁もゆかりもない岩手県に引っ越し、新しい環境で働く不安の中にいた。引っ越して最初に読んだ本が『羊と鋼の森』だった。当時僕は、「本を売る」ということについて、自分の中で解消しきれないモヤモヤを抱えていた。『羊と鋼の森』に出てきた、「50ccのバイク」と「ハーレーダビッドソン」の喩《たと》えが、そのモヤモヤをときほぐす糸口となった。これなら進んで行けるかもしれない、と思わせてくれた。

初めて本を出版する際には、エッセイを寄稿してもらったし、出版記念イベントのトークショーにはお花まで贈っていただいた。エッセイの中で触れていただいている、宮下家の皆さんとの食事は、今でも印象に残る良い想い出だ。ありがたさしかない。なんて言うと、宮下さんは「いえいえ、私の方こそ」なんて言うんだろう。それを「謙虚」と評すると、ちょっとズレる。「あのひとの娘」の主人公が思うこんな感覚が近いかもしれない。

**【大事な何かを端折《はしょ》ってしまうような気がしたんだと思う。P52】**

「謙虚」よりは宮下さんを言い表すのに近づいたように思う。「大事な何かを端折らない」。そう、それは「芯」を感じさせるということでもある。「自信がある」でも「芯がある」と表現するしかないと感じるタイプの人がいる。「我が強い」でも「筋が通っている」でもなく、「芯がある」としか言いようがない人が。
「手を挙げて」の里子ちゃん、「あのひとの娘」の津川くん、「まだまだ、」の朝倉くん、「晴れた日に生まれたこども」の彦、「なつかしいひと」の中村さん、「ヒロミの旦那のやさおとこ」のヒロミ。主人公ではない彼らには、芯を感じる。それぞれ、人間としてのタイプはまったく違うかもしれない。でも、それぞれの形で、自分の内側に芯を持っている。そしてその芯こそが、彼らの人生を自由にしているように見える。

でも、芯なんてどうやって手に入れたらいいんだろう？

そんな風に悩むのが、本書の主人公たちだ。

主人公たちは、「芯がある」人たちに圧倒される。具体的に何に圧倒されるのかは、それぞれ違う。才能、自信、揺るがなさ。それぞれの「圧倒的な何か」に対峙させられる主人公は思う。自分は、ああはなれないのだ、と。

**【私の耳には、からからからと白線引きが走る音が聞こえた。彼女が白線の向こう側で、私はこちら側。　P21】**

同じ空間にいても、同じ言葉を喋っていても、同じ行為をしていても、白線引きは容赦なく現れる。誰かに白線を引かれることも、もちろんある。でも大体、白線は自分で引いてしまうものだ。見えない白線引きが、見えない白線を引いて、自分を縛り上げる。向こう側には、行っちゃダメなのだ、と。

**【何かに秀でてしまえば、その力に導かれることになる。制約を受けることのない――能力のない――私こそ自由なのだ。 P24〜25】**

そうなると今度は、白線のこちら側に留まっていることに理由がほしくなってしまう。自分は、「あちら側に行けない」のではなく、「こちら側にいるべき」なのだ、と。

平凡さを認めるのが、怖いからだ。

子どもの頃、自分以外の「みんな」が凄い人に見えていた。あの人もこの人も、自分にはないものを持っている、自分には出来ないことをしている。自分には何があるんだろう。何もないんじゃないか。自分のことなら、よく知っている。そう、自分には何もない。

でも、それを認めるのが怖かった。からからから。認めてしまったらもう、「こちら側」でさえ一歩も動けないんじゃないか、と思っていた。

**【「でも、だいじょうぶです。特別な才能がなく生きるっていうのはけっこうむずかしくて、だからこそやりがいがあって、私はわりと気に入ってます」 P73】**

本書で、一番好きな場面だ。「あのひとの娘」の中で、主人公の友人が言う。今の僕、つまり平凡さを認めることにさほど怖さを抱かなくなった僕にも刺さった。もし学生時代の僕がこの言葉に触れていたら、天啓のような衝撃を受けたかもしれない。そうか、そんな捉え方もあり得るのか、と。

平凡さというのは、「じゃない方」ではない。才能とか自信とか揺るぎなさとかが「ない方」なわけじゃない。努力が足りなかったわけじゃない。

**【ワレワレハ、と胸を張る。ちまちま生きてるんだなあ、ワレワレハ。 P86】**

平凡さというのは、名前がつかないその他大勢のエキストラなわけじゃない。「平凡さ」という役名がきちんと与えられた役者だ。「平凡さ」という名前がついた居場所だ。

宮下奈都の作品は、そんな確信を与えてくれるのだ。こういう作品が世の中に存在するというのは一つの救いだ。なんでもない自分にも、なんでもないなりの良さがあるのかもしれない。そんな風に信じさせてくれる。

「神様」というのは、祈りの先に結ばれる像のことだろう。だとしたら、宮下奈都の作品を「神様」と呼んでもいいんじゃないかと思う。

その「神様」は、とても丁寧だ。綺麗に包装されて美しく並べられた高級店の果物みたいだ。でも、不思議だ。何故か宮下奈都の作品は、敷居の高さを感じさせない。ともすれば現実感を失ってもおかしくないくらいに磨かれた言葉たちによって紡がれている。それなのに、生活感を失わない。きらびやかに個包装された果物が、商店街の八百屋さんに違和感なく並んでいるようなものだ。この調和にいつも僕は驚かされる。

それはきっと、言葉への信頼感から生まれているのだろうと思う。

語弊を恐れずに書けば、嘘の練度が高くなればなるほど、物事は美しく見える。ここで言う「嘘」とは、「実際との差異が大きい」という意味だ。言葉は、物事の一部を切り取るものだ。物事の良い面だけ切り取れば、実際との差異は大きくなり、そして美しく見える。

宮下奈都は、嘘の練度を限りなく低くしようとする。つまり、実際との差異を小さくしようとする。「手を挙げて」では「システムキッチン」、「まだまだ、」では

「台所」という表現が出てくる。読めば、その理由は分かるだろう。実際との差異を小さくする意識が、現実感や生活感を失わせないのだ。

それでもなお、美しさを保てるのは、実際との差異を〝極限まで〟小さくしようとする、言葉への信頼が根底にある。

**【私は桜並木のほうへ自転車をゆっくり漕《こ》ぎ出しながら、朝倉くんの「せっかくなんだから」を考える。せっかく始めたんだから、やめるなよ。せっかく面白くなってきたんだから、やめるなよ。せっかく会えるんだから、やめるなよ。うん、これかな。私はいちばん自分に都合のいいフレーズを選んで口の中で繰り返す。せっかく会えるんだから、やめるなよ。うふふ、と笑みがこぼれる。P93～94】**

「まだまだ、」の主人公が、朝倉くんに「そうか、よかった。せっかくなんだから、やめるなよ」と言われる。その言葉をどう解釈するか、という場面だ。この場面で、主人公がどんな人物なのかパッと伝わる。しかし、それをうまく単語で捉えられるだろうか？　「ポジティブ」「前向き」「プラス思考」「楽観的」というような言葉では、大事なものがすり抜けるだろう。この描写でなければ伝わらないものが確実に読者に伝わる。

小説家というのはそういう仕事だ、と言われればそれまでかもしれない。小説家なら誰しもが行っていることを、さも大仰に主張しているだけかもしれない。でも、感じるのだ。言葉と実際を極限まで近づけようとしているからこそ浮かび上がってくるものがあるのだ、と。僅《わず》かに重なり合わないその誤差こそを、宮下奈都は描こうとしているのだ、と。

自分の中に、確かにあった。覚えているし、触れた記憶もある。でも、この物語で「初めて出会った」という感覚とともに〝思い出す〟感情がある。宮下奈都の作品を読んでいると、時々、こんな不思議な瞬間に出会う。きっとそれは、自分の内側で眠っていた「つぼみ」が、宮下奈都の物語に触れることで花開いた、ということなのだろう。

そしてその瞬間を生み出せるのは、言葉と実際の僅かな誤差が作品から意識されるからだ。自分では言葉で捉えることが出来なかった感情。自分では言語化出来ずにいたモヤモヤ。そうしたものが、その誤差と邂逅《かいこう》することで、以前よりも明確な輪郭を持つ。だから、「初めて出会った」という感覚とともに〝思い出す〟ことになる。

宮下奈都の作品は、特別なことが起こらないとよく言われる。そんな宮下奈都の作品が、読む者に何かを強く感じさせるのは、言葉を突き詰めることで生まれる繊細さと、言葉に出来ずにいた想いが反応を起こすからなのだ。

6編ある内の最初の3編が、『スコーレNo.4』と地続きの物語だ。『スコーレNo.4』を読んでいる必要はないが、どちらも読むとお互いの世界観をより深く味わえるだろう。また、デビュー直後に書かれた短編も収録されている本作で、宮下奈都の作家としてのブレなさを実感することも出来る。

『スコーレNo.4』という作品は、結果的に宮下さんにとっても僕にとっても大きな一歩となった。その『スコーレNo.4』に連なる本書の解説の話が僕に回ってきたことは、宮下さんからのご褒美みたいなものだと思う。

本当に、ありがたさしかない。

二〇一七年八月　光文社刊

光文社文庫

# つぼみ

著者　宮《みや》下《した》奈《な》都《つ》

2020年8月20日　初版1刷発行

発行者　鈴木広和
印刷　萩原印刷
製本　ナショナル製本

発行所　株式会社　光文社
〒112-8011　東京都文京区音羽1-16-6
電話　(03)5395-8149　編集部
8116　書籍販売部
8125　業務部


ISBN978-4-334-79068-4　Printed in Japan



組版　萩原印刷

| | |
|---|---|
| 惨殺犯 | 南英男 |
| 猟犬魂 | 南英男 |
| 闇支配 | 南英男 |
| 告発前夜 | 南英男 |
| 仕掛け | 南英男 |
| 獲物 | 南英男 |
| 監禁 | 南英男 |
| 醜聞 | 南英男 |
| 拷問 | 南英男 |
| 黒幕 | 南英男 |
| 星宿る虫 | 嶺里俊介 |
| 月と太陽の盤 | 宮内悠介 |
| 博奕のアンソロジー | 宮内悠介 リクエスト！ |
| 野良女 | 宮木あや子 |
| 婚外恋愛に似たもの | 宮木あや子 |
| 帝国の女 | 宮木あや子 |
| スコーレNo.4 | 宮下奈都 |
| 神さまたちの遊ぶ庭 | 宮下奈都 |
| クロスファイア（上・下） | 宮部みゆき |
| スナーク狩り | 宮部みゆき |
| チヨ子 | 宮部みゆき |
| 長い長い殺人 | 宮部みゆき |
| 鳩笛草　燔祭／朽ちてゆくまで | 宮部みゆき |
| 刑事の子 | 宮部みゆき |
| 贈る物語　Terror | 宮部みゆき編 |
| 森のなかの海（上・下） | 宮本輝 |
| 三千枚の金貨（上・下） | 宮本輝 |
| 大絵画展 | 望月諒子 |
| フェルメールの憂鬱 | 望月諒子 |
| ミーコの宝箱 | 森沢明夫 |
| 蜜と唾 | 盛田隆二 |
| 奇想と微笑　太宰治傑作選 | 森見登美彦編 |
| 美女と竹林 | 森見登美彦 |
| 美女と竹林のアンソロジー | 森見登美彦 リクエスト！ |

光文社文庫　好評既刊